白衣をまとう守護者（ガーディアン）

春原いずみ

white heart

講談社X文庫

目次

イラストレーション／藤河るり

白衣をまとう守護者（ガーディアン）

深夜、僕は目を覚ます。

それはとても不快な目覚めだ。

全身が汗で濡れそぼち、心臓が胸を破りそうなくらい激しく鼓動を刻んでいる。一瞬、自分がどこにいるのか、わからなくなる。ひどく息が苦しい。うまく息を吸えない。

「……っ！」

ベッドに起き直って、暗闇に目をこらす。

「詩音……」

優しい恋人の声に、はっと我に返る。

「どうした……詩音……」

疲れている恋人の声は少しかすれ気味だが、それでもとても優しい。あたたかな手が僕の手を探し当てて、そっと握ってくれる。

「……眠れないのか？」

「……いや、大丈夫……」

僕は額ににじみ出した汗をそっと拭うと、再びブランケットの中に潜り込んだ。眠りの中にいる恋人が、無意識のうちに、自分の腕の中に抱きしめてくれる。

「……詩音」

彼のあたたかな唇が、僕の頬に触れる。

「おやすみ……詩音……」

彼の腕の中で、僕は目を閉じる。

十七年前の悪夢は、まだ僕を苦しめている。こんな風に、深夜に飛び起きてしまうことが間々ある。波立つ胸を必死に抑えながら、僕は目を閉じる。

大丈夫。

今は君がいる。

僕を抱きしめて、安らかな寝息を立てる恋人の胸に頬をつけて、僕は深く息を吐く。

大丈夫。

僕には君がいる。

ACT 1.

芳賀行成のマンションは、2DKの間取りである。築十年だが、オーナーである芳賀の兄、水本が細やかに気を配っているので、中はとてもきれいだ。特にトルコ製のタイルを使ったバスルームは、まるでリビング雑誌から抜け出してきたように美しい空間である。

「……いてっ」

小泉詩音は、自分の胸を這い上がり、ピンク色の乳首をきゅっと摘まんできた不埒な手をはたき落とした。

「今日はもう終わりだよ」

「……そりゃないだろ」

ゆったりとしたバスタブの中で、小泉は恋人である芳賀に後ろから抱かれていた。今日二度目のバスタイムである。一度目は部屋に帰った時にシャワーを浴びた。今日は眠いと言ったのに、小泉を愛して止まない恋人は、ベッドに入った小泉に「寝ててもいいから」とじゃれかかってきて、結局、二度もする羽目になってしまった。その上、バスルームでまた不埒な真似(まね)をしてきたので、鉄拳制裁と相成ったのである。

「詩音のすべての身体(からだ)を抱いてて、その気にならないわけないじゃん」

「それなら、先に上がる」

本気で立ち上がろうとした小泉を、芳賀は慌てて抱き留める。

「ごめんっ！　ごめんって！　もうしないからっ！」

こうして、二人でお風呂に入ることにも慣れてしまった。最初の頃は、バスタブの中で芳賀の膝の上に抱かれても、がちがちに身体を硬くしていた小泉だったが、今では、一人でバスタブに浸(つ)かるのが寂しいくらいだ。少し温(ぬる)めのお湯に、いい香りのするバスソルトをたっぷりと入れて、二人でゆったりと浸かるのが、何よりの癒やしになっている。

「詩音」

それでも懲りずに、小泉の肩にキスをして、頭をはたかれながら、芳賀は言った。

「このマンション、もうじき一室空くんだって」

「え？」

このマンションは、五階建て全二十室だ。こぢんまりとしていて、中の造りが妙におしゃれで凝っているので人気があり、空室が出ることはめずらしい。芳賀もアメリカから帰国した時、空室がなくて、一年くらい別のマンションに住んでいたのだという。

「ここに住まない？」

芳賀は優しい口調で言った。

「俺と一緒に住めとは言わない。もちろん、そうできたら一番嬉しいけど、たぶん、詩音はまだ、そこまで回復していないと思う。でもさ、やっぱり、勤め先から車で一時間もかかる自宅住まいっていうのはよくないよ。通勤だけで疲れるし、オンコールに応じるのも大変だよ。セカンドハウス的な意味合いでいいから、ここを借りておいた方がいい」

小泉はしばらく無言のまま、自分のお腹の前で組まれている芳賀の手に手を重ね、そこをじっと見つめていた。大きく頼りがいのある恋人の手。命を引き寄せ、そして、自分をも引き寄せてくれた力強く、優しい手。

「……たぶん、無理だと思う」

小泉はゆっくりと答えた。

「母が……寂しがる」

「詩音」

芳賀が小泉の耳元に唇を近づけた。そして、とびきり甘い声でささやく。

「どうして、そんなこと言うのかな」

彼の声は自在だ。彼はとても効果的に、自分の声を操る。

「詩音、どうして、そういうこと言うの？」

耳たぶに軽くキスをして、恋人は甘くささやく。

「詩音はもう大人だよ……」

ずるい。こんな声でささやかれて、感じやすい耳元に繰り返し口づけられて、いつの間にかお腹の前から、胸でぷくりと膨らんだ乳首と柔らかい草叢の中へと移動した、しなやかな指でやっと静まりかけた身体を高められたら、頷きそうになってしまう。

「だめ……だって……っ」

跳ねる水音。

「あ……だめ……っ」

彼の膝が小泉の両足の間に入り込んで、太股を大きく開かせる。

「……俺のお願い聞いてくれないから、俺も詩音の言うことは聞かないよ」

後ろから、うつむく小泉の頬にキスをして、両足の間に深く手を入れてくる。

「ん……っ！」

拒もうと思えば拒めた。しかし、小泉は拒まなかった。

「あ……あ……ん……っ！」

「詩音……」

軽い小泉の身体は、特にバスタブの中では、恋人の思うがままだ。

「あ……ああ……ん……っ！」

たっぷりと愛された後の可愛らしい蕾は、恋人を拒めない。深々と入れられて、思わず顔が仰のいてしまう。両手でツンと固く尖った乳首を愛撫されながら、揺さぶられる。

「あ……あ……あ……っ！」

バスルームなので、いつもよりもずっと声が響く。こんなところで声を上げてはいけない。恥ずかしいほどに濡れそぼった声を上げてはいけない。その背徳感に、より身体が反応して、ベッドよりも感じてしまう。

「だ……だめ……っ！　そんな……の……っ」

「詩音……可愛い……」

軽く耳たぶを噛まれて、一瞬、意識が飛びそうになる。体内に深く食んだ恋人をきゅっと締めつけながら、小泉はすべての思考を投げ出す。

今は……何も考えたくない。

何も……考えたくなかった。

三日前、小泉は手術部にいた。

至誠会外科病院の心臓部である手術部は、病院棟の三階と四階を占めている。稼働している手術室は二十室。他に四室の予備室がある。予測できない手術の遅延で、予定に狂いが生じた時や緊急手術に対応するための手術室が予備室である。他に、全手術室を見ることのできるモニター室や、手術に必要な器材を準備する材料室、麻酔からの覚醒を待つ回復室、患者家族への説明やカルテへの記載を行う記録室、そして、医師やナースたちが着替えたり、休憩したりする更衣室があり、二十四時間動き続けている場所だ。

「小泉先生」

今日二件目の執刀を終えて、帽子を取り、汗に濡れた髪をぱさぱさと振った小泉は、後ろから声をかけられて振り向いた。白い小さな顔は、これ以上ないくらい美しく整い、年齢どころか性別も不詳のルックスである。ほっそりとした体躯はまるで少年のようだが、もともとの身体のフレームが華奢なのだろう。貧弱な感じはなく、プロポーションのバランスはとれている。

「はい」

後ろに立っていたのは、手術部の師長だった。師長の中でも一番若く、実力者として名を馳せるナースである。

「田巻院長が……お手すきになったら、院長室に来ていただきたいと」

「うわぁ、院長呼び出しだって？」

すっと小泉の横に立ったのは、小泉とは別の手術室から出てきた芳賀だった。小泉よりも二十センチ近く長身で、手足の長いモデル体型だ。ふわっとした栗色のくせ毛と不思議なグレイッシュパープルの瞳。日本人離れしたプロポーションとルックスの彼は、日米のクォーターである。

「何やったんだよ、小泉先生」

「知らない。別に何もしていない」

小泉は素っ気なく言った。

「ちょっと行ってくる。術後説明も終わったし、次の執刀は一時間後だ」

「え、あんた、まだ切る気かよ」

「あんたって言うな」

ぴしりと言って、小泉は更衣室に向かう。

「着替えてから行きます。もし院長から問い合わせがありましたら、そのように」

「わかりました」

師長が頷くのを確認して、小泉は更衣室のドアを閉めた。

至誠会外科病院の院長、田巻宗一郎(そういちろう)は、意外にも外科医ではなく、循環器内科医だ。

「お待たせしました。心臓外科の小泉です」

院長室は、各診療科の医局がずらりと並ぶ一番奥にあった。重厚な木の扉をノックすると、おっとりと落ち着いた声で「どうぞ」と答えがあった。

「失礼します」

ドアを開けると、田巻はデスクから立ち上がったところだった。痩身の田巻は、穏やかな人柄である。元は小泉と同じ心臓外科医であり、その完璧なテクニックと外科医にはめずらしいほど温厚で穏やかな物腰で、名医として名を馳せたものだが、ちょっとした事故で利き手の腱を痛めてしまい、長時間のテクニカルな手術ができなくなってしまった。本人曰く、二時間程度の手術ならできるらしいが、仕事に制限がかかる事態になってしまった以上、身を退くべきと判断したという。外科医から循環器内科医に転科し、今は外科医の実情を知る内科医として、至誠会外科病院院長を務めている。

「お忙しいところ、お呼び立てして申し訳ありません。どうぞ、おかけください」

若輩の小泉にも、田巻の言葉遣いはいつも丁寧だ。

「次の執刀もあるとのことなので、すぐに本題に入りましょう」

田巻は、すでに飲み物を院内の喫茶室から取っておいてくれたらしい。いい香りのするコーヒーをサーバーから注いで、カップを小泉の前に置いた。

「小泉先生、先生はご実家からの通勤でしたね」

「はい」

小泉は、母と二人で暮らしている。父はドイツの大学で教鞭を執っており、年に数回しか帰国しない。母は、小泉の元の職場である東興学院大医学部付属病院で総師長を務めており、美しく、有能で慈愛に満ちた彼女についたあだ名は『聖母』だ。

その母と暮らす小泉の家は、その東興学院大医学部付属病院と、目と鼻の先にあり、今の勤務先である至誠会外科病院からは、車で小一時間かかる。

「ご存じかと思いますが、当院の常勤医には、病院からのオンコールに三十分以内で応じられる場所に住んでいただくことをお願いしています」

オンコールとは、病院からの呼び出しである。患者の急変で、担当医の指示が必要な場合、医師に連絡を取ることを指す。場合によっては、患者を診るために来院しなければならない。

「すでに入職から三ヵ月以上経(た)っています」

田巻は穏やかに言った。

「病院に近い住処(すみか)を探すには、十分な時間かと思いますが。いかがですか?」

「…………」

小泉は黙ったまま、軽く首を横に振った。

「小泉先生?」

「……申し訳ありません」

「あなたがお忙しいのは、わかっています。それでは、こちらで住宅をご用意します。医師用マンションの空きが一室あるそうなので……」

「あの……っ」

小泉は顔を上げて、田巻を見た。黒目がちの瞳が少し困ったように、優しげな表情の田巻を見つめる。

「申し訳ありません。母を……一人にはできません」

「小泉先生」

田巻はコーヒーを一口飲み、なだめる口調で言った。

「先生のお母様は、東興学院大医学部付属病院の総師長として、立派に働いていらっしゃいますよね」

「はい……」

田巻は、小泉の父とは大学の医局に所属していた時に、机を並べたことがあるという。その配偶者のこともちゃんと知っている。

「介護が必要な方でしたら、特別の配慮もしますが、先生のお母様は一人暮らしのできない方ではないと思いますし、あなたも自立して生活のできない方ではない。それよりも、医師としての責任を全うすべきではないのですか？」

口調は優しいが、言っている内容はなかなかに厳しい。

「小泉先生、病棟師長から要望と言いますか……まぁ、苦情ですね。そういうものが上がってきています」

唐突に話題が変わった気がした。小泉はもともと大きな目をさらに見開く。

「はい？」

「苦情……ですか？」

「ええ。先生に関するものです」

クレームを受けることには慣れている。だいぶ、人とのコミュニケーションも取れるようになってきたが、恐らくまだまだなのだろう。しかし、院長に言わなくても、自分に言ってくれればいいのにと、少し思ってしまう。

「申し訳ありません。なかなか、まだうまくコミュニケーションが……」

「いえ、それ以前の問題です」

田巻がすっと遮った。

「小泉先生、先生へのオンコールに応じるのは、いつも芳賀先生だそうですね」

「え……」

「いえ、この言い方には少し語弊があります。先生にオンコールすると、まず芳賀先生が到着して、繋ぎの処置をしている間に、先生が来院される。先生が来る頃には、だいたい芳賀先生が処置や指示を終えている。芳賀先生は大変に優秀な方なので、あの方のなさることに間違いはない。その信頼はわかりますし、先生方は同時入職で、プライベートでも親しいとうかがっています。しかし、それは違うのではありませんか？」

小泉はうつむいた。いずれ、問題が起きることはわかっていた。

小泉は自分にオンコールがあると、まず芳賀に連絡を取っていた。院内で泊まるか、芳賀のマンションに泊まっていない限り、小泉がオンコールに応じるには、最低でも一時間かかる。しかし、心臓外科のオンコールはかなり切羽詰まった状況であることが多い。一時間も待たせてしまったら、手遅れになるかもしれない。その苦肉の策として、小泉は病院近くに住む芳賀に繋ぎを頼んでいたのだ。

「勘違いしていただきたくないのですが、芳賀先生は当院の正規の常勤医ではありません。あくまで、フリーランスとしての所属です。ですから、給与体系も常勤医である先生とは異なります。芳賀先生を小泉先生が勝手に呼び出すことで、病院側に無駄なコストと芳賀先生に余計な責任が降りかかっていることに、聡明(そうめい)なあなたが気づかないはずはありません」

田巻は理知的で優秀な医師だ。その言葉には、冷徹と言っていいほどの切れ味がある。

「あくまで、今の状況は変えられないというのであれば、残念ながら、先生を常勤とはできません。契約を変えなければなりません」

「田巻先生……っ」

またメスを取り上げられるのか。ひやりと背中が冷たくなる。

師匠であった冬木肇(ふゆきはじめ)教授が亡くなり、次の佐々木(ささき)教授が就任してから、前職であった東興学院大医学部付属病院を退職するまでの三ヵ月間、小泉は執刀の機会を奪われた。それが大学医局のパワーバランスだった。小泉は冬木教授直系の最後の弟子であり、教授選に敗れた敗者だったからだ。

「……少し待って……」

「いえ、もう待てません」

田巻はぴしゃりと言った。

「三ヵ月以上待ちました。しかし、状況は改善されませんでした。これ以上待っても、この状態がずるずると続くだけだと思います。一ヵ月後にこちらが用意したマンションに移っていただきます。それができないのであれば、常勤医としての契約を解除し、芳賀先生のようなフリーランスとしての年俸契約か、手術の執刀と外来に限った契約医になります。一ヵ月で答えを出してください」

小泉の母である史乃(ふみの)は、五十代という年齢が信じられないくらい美しい。長い黒髪は豊かだし、白い肌にもピンと張りがあって、若々しい。

「おかえりなさい、詩音」

八時過ぎに帰宅した小泉を優しく迎えて、彼女は微笑(ほほえ)んだ。

「お夕食は？」

「うん、食べてきた。コーヒーだけくれる？」

「昨日焼いたクッキーがあるの。詩音の好きなチョコチップ。食べるでしょう？」

自宅にいる時の母の居場所は、ほとんどこのダイニングキッチンだ。父のために、クッキングスクールにまで通った母は、料理が得意で、また好きでもある。大学病院の総師長という忙しい仕事をこなしながら、それでも彼女は、一人息子である詩音のために、せっせと美味(おい)しい手料理やお菓子を作ってくれる。

「……母さん」

小泉はかたりとダイニングの椅子を引いて座った。

「なぁに？」

手早くコーヒーメーカーをセットしてコーヒーをいれながら、母は振り向いた。

「どうしたの、詩音。怖い顔して」

「……今日、院長に呼ばれたんだ」

小泉は低い声で言った。母の顔をまともに見られない。反応はわかりきっているからだ。それでも言わなければならない。

「……病院の近くに住むようにと言われた」

「病院の近くって、ずいぶんここから遠いわ」

母はおっとりと言った。

「いいじゃないの。今でもちゃんと通えているんだし」

「……今まで、オンコールは芳賀先生に助けてもらっていた。芳賀先生は……病院の近くに住んでいるから」

「それなら、これからもそうすればいいわ」

彼女はあっさりと言う。

「詩音は手術だけをするようにしてもらったら？　あなたの腕には、それだけの価値があると、いつも冬木先生はおっしゃっていたもの」

「母さん」

小泉は、まるで見たことのないものを見るように、信じられないことを言う母を見つめた。

「そんなこと……っ」

「ねぇ、詩音」

彼女は、コーヒーをマグカップに注ぎ、クッキーと共に詩音の前に置いた。

「あなた、東興学院に戻ったら？」

「母さん……っ」

「うちの心臓外科、とても患者さんが減っていて、院内でも問題になっているの。原因は、やっぱり冬木先生が亡くなったこととあなたがいなくなったこと。みんなわかっているの。あなただけでも戻ったら、患者さんも戻ってくるって、みんな言っているわ。だから、お父さまに口を利いていただいて……」

小泉は叫び出しそうになるのをようやくこらえて、かすれた声で絞り出すように言った。

「そんなこと……できるはずがないじゃないか……。冬木先生がお亡くなりになった後、僕がどんな思いでいたか、母さんが知らないとは言わせない。僕が……どれほど、あそこでつらく悔しい思いをしたか……」

「でも、今の至誠会さんにいる限り、私は詩音と暮らせないということなんでしょう？」

母は無邪気な調子で言う。

「だって、私は今の職場を簡単には辞められないし、お父さまの帰る家はここだけなんだから、ここからは離れられないわ。それに詩音とも絶対に離れたくない」

「母さん……っ」

「だめよ、詩音」

彼女はにこりと微笑んだ。

「この家を出ることは絶対にだめ。詩音なら、至誠会さんでなくても、どこでも引っ張りだこよ。至誠会さんに無理におつとめしなくても、もっと家に近いところにおつとめしたら？　お父さまに頼んでおきましょうか？」

「はい、ベッドメイク完了」

結局、バスルームで三回目をたっぷりと楽しんだ後、小泉はソファにへたり込み、彼に蹴り飛ばされた芳賀は、ベッドのシーツを取り替え、枕をぽんぽんと膨らませた。

「ほら、もうしないから、こっち来いよ」

「……したくてもできない」

かすれた声で言って、小泉はのろのろとベッドに潜り込んだ。

「芳賀先生……どんどん性欲が強くなってるような気がするんだけど……？」

「そうかなぁ」

のんびりとした口調で言い、芳賀はキッチンに向かった。やがて、缶ビールを持って戻ってくる。

「一口飲む？」

「……いらない」

ここ二日、小泉は家に戻っていない。昨日はちょうど当直だったし、今日は母には「深夜まで手術だから」とメールしたが、本当は家に帰りたくなくて、恋人である芳賀のマンションに転がり込んだのである。

「でもさ」

芳賀はベッドには入らず、ベッドの横の床に座り込んだ。ベッドに寄りかかり、ビールを美味しそうに飲む。

「詩音を愛する気持ちなら、どんどん強くなってるよ」

「……君はよくそういう恥ずかしいことを言う」

小泉はくるりと寝返りを打って、壁の方を向いた。

彼とセックスした後は、ひどく疲れるし、身体もだるくなるが、張りつめていた気持ちがふっと楽になるのは確かだ。彼に抱かれて、内側から身体が熱くなる感覚を味わい、思い切り声を上げると、何かがほどけて、とても楽になる。

「詩音」

芳賀が手を伸ばして、軽く小泉の頭を撫でた。小泉は再び寝返りを打ち、芳賀の方を向くと、その手を取って、自分の頬に当てる。あたたかくて滑らかな手が、小泉のすべすべとした頬を優しく撫でてくれる。

「……やっぱり、このマンションの部屋、住まなくても借りておいた方がいいと思う。一応、形だけでも整えれば、院長はそうそううるさいことを言わないと思うぞ」

「でも……そんなことをしたら、母が……」

「詩音」

芳賀が軽くぺちっと小泉の頬を弾いた。

「痛い……」

「おまえね、もう三十超えてるんだから、親離れしろよ」

芳賀はよいしょと立ち上がると、ビールを飲み干し、ベッドに入ってきた。小泉はごそごそと壁際に寄って、芳賀の入るスペースを作る。芳賀はブランケットの下に潜り込むと、小泉を両腕ですっぽりと抱きしめた。体格差があるので、小泉の小柄な身体は、芳賀の長い腕と広い胸に包み込まれるように抱きしめられる。

「俺なんか、生まれてすぐに母親からぶん投げられたからか、いまだに、あれから自分が生まれたとは思えないもんな。まぁ……あっちもそうみたいで、しょっちゅう、俺と父親の名前、言い間違える」

「ぶん投げられた？」

そういえば、小泉は芳賀の両親の話をほとんど聞いたことがない。知っているのは、実の兄である水本とは、父親が違うということくらいだ。

「どういうこと？」

「あー、俺、ニューヨークで生まれたことは言ったっけ？」

「ということは、アメリカ国籍？」

日本はほぼ完全な血統主義だが、アメリカは血統主義と出生地主義の二本立てになっていて、恐らくアメリカ国籍を持っている芳賀の母親がアメリカで出産すれば、アメリカ国籍は認められるはずだった。

「いや、父親が日本国籍で、一応認知はされてたから、二重国籍だったんだ。それで、中学生になる時に、日本国籍を選択した。だから、今は日本国籍だよ」

さらっとすごいことを言う。

「俺の製造者たちは妙な人たちでさ。俺の母親が医者だってのは、知ってるよな」

小泉はこくりと頷いた。

芳賀の母親には、少し複雑な感情を抱いている小泉である。

〝僕をレイプしたやつを助けた人だ……〟

ERの医師であるという芳賀の母親は、小泉がケガを負わせたレイプ犯を手当てして、その命を助けた。だが、そのおかげで、小泉は殺人者にならずにすんだのだから、やはり、感謝すべきなのだろう。

「俺、母親と同居したことがほとんどないんだよ」

芳賀は相変わらずのんびりとした口調で言った。

「俺を産んで、すぐに父親に押しつけた母親でさぁ。いまだに、あの人たち、事実婚で入籍する気もなさそうだし、俺を製造したことなんて、忘れてんじゃねぇのかな」

「……………」

「まぁ、この年になりゃ、いちいち親に干渉なんてしてられないし、してもらいたくもない。もう、自分で自分の人生コントロールしてんだから、そこには、親といえども、入り込んでほしくないと思ってるから、こういう距離感は楽と言えば楽だな」

芳賀は、小泉の額に軽くキスをした。

「だからさ、詩音。もう、親離れしろよ。いずれ……嫌でもまた、親に関わらなければならない時が来る。だから、それまでは少し距離を取った方が、うまくつき合っていけると思うぞ」

小泉は無言だった。

「詩音？」

黙って目を閉じて、芳賀の胸に頬をつける。

「何だ……寝ちまったのかよ……」

芳賀のため息が聞こえた。優しく小泉を抱き込んで、彼もまた目を閉じたようだ。

もう、この問題から逃げることはできない時に来ている。

どうすれば、誰も傷つかず、穏やかに問題を片付けられるのか。

小泉は悩みの海に沈みながら、ただ、恋人の胸の鼓動を聞いていた。

ACT 2.

照明の照度を落とした病棟内の診察室。エコーはBモード。モノクロームのディスプレイの中で、ふわふわと白い波が揺れている。

〝三尖共に石灰化か……〟

大動脈弁の短軸像。三尖弁の著明な石灰化が見て取れる。小泉はさらにエコーのプローブを進め、ディスプレイの表示を連続波ドップラに切り替える。

「血流速度は？」

芳賀が、小泉の肩に軽く手を置いて言った。

「どんくらい？」

「最大で……5・72かな……」

そして、小泉はプローブから手を離した。

「お疲れ様でした」

患者に告げ、介助についてくれていたナースに頷く。心得たナースが患者の胸のゼリーを拭き取った。患者が服装を整えるのを待って、明かりを戻す。小泉はデスクに向き直ると、メモ用紙を取って、ざっと計算した。

「弁間圧較差は……１３１ｍｍ（ミリ）Ｈｇだな」

「了解」

芳賀が頷いた。すっと手が伸びて、長い指がペンを取る。

『手術適応』

メモ用紙に軽いタッチの文字が並んだ。

「お疲れ様でした」

目の前の椅子に座り直した患者に、小泉は再び言った。

「検査の結果についてお話しします」

結局、小泉はマンションを借りることにした。正直、ほとんど生活しないとわかっている部屋に支払う金額としてはかなり大きかったが、背に腹は代えられない。今さら、別の部屋を探すのも大変である。

『もし面倒なら、ある程度調度品は揃（そろ）えますよ』

そう言ってくれた芳賀の兄、水本（みずもと）の厚意に甘えて、最低限、泊まることができるくらいの準備は整えてもらった。

「……せっかく素敵な部屋になったのにさ」

至誠会外科病院のスタッフ用の食堂は、最上階の十階にあり、眺望は抜群だ。病院自体が高台にあるので、なおさらである。勤務した医師の顔が変わるというくらいの激務を強いる病院は、逃げられては困ると思っているのか、福利厚生はばっちりである。レストランとカフェを併設しているそのスペースは、広々としていて、営業時間も長く、ものすごく美味しいのに、値段はほぼワンコインだ。一応、出入りの弁当業者はいるし、一階にあるコンビニでカップラーメンなども買えるのだが、かなりのスタッフがここで食事を摂る。

「住んじゃえよ」

小泉と芳賀も、もちろんいつもここで食事を摂る。芳賀はここの麺類が気に入っているようで、たいていラーメンかうどん、パスタを食べている。小泉は定食が多い。今日も芳賀は五目ラーメンとおにぎり、小泉は和定食だ。

「もったいないじゃん」

「たまには泊まる」

小泉は器用に鯵の開きから骨を取って、口に運んでいた。

「でも、寝るだけだな」

「何で？　キッチンも使えるよ。兄貴が鍋とかもちゃんと用意してた」

「……料理なんかできない」

　小泉は少し不機嫌に言った。

「台所になんか立ったことない」

「え」

　芳賀がぱたりと箸を止めた。びっくりしたように、大きな目で小泉を見つめる。

「マジ？」

「……必要がなかった」

　小鉢はほうれん草の胡麻(ごま)よごしときんぴらごぼうだ。母が作るものより、少し甘めかなと思った。

「大学まで自宅から通っていたし、研修医時代も家から通えるところに配属されていた。心臓外科ユニットに入ってからは、本当に自宅は目の前だったし」

「…………」

　芳賀は呆(あき)れたようにはぁっとため息をついた。小泉はそんな芳賀の不思議な宝石めいた瞳を見つめ返す。

　以前は視線など絶対に合わなかった二人だが、小泉が少しずつ顔を上げるようになってきて、話している相手の目を見られるようにもなってきたので、視線が合うようになった。

小泉は芳賀のグレイッシュパープルの瞳が好きだ。特に夜、少し暗いところで見ると、深いすみれ色に見えるのが、とても美しくて好きだと思う。こんな風に光が入るところでは、グレイが強くなって、たまに透明に見えることもある。本当に不思議な瞳である。

「何で、君がため息をつく」

二人きりになると、可愛らしい口調にもなる小泉だが、職場では相変わらずの切り口上だ。芳賀の方が二つ年上なのだが、結局入職は一緒なので、何となく肩を並べてしまう。医師の場合、年齢より卒年が大事になるのだが、卒年も芳賀が二年早い。しかし、芳賀の方がまったくそのあたりを気にしていないので、二人が同い年、もしくは小泉の方が年上と思っているスタッフもいるようだ。

「いや……思いっきり、甘やかされてきたんだなぁと……」

「甘やかされてきた？」

小泉は軽く首を傾げた。

「別に甘やかされてなんかいない」

「甘やかされてるさ。その年まで、料理をせずに済んでるんだ。一人でメシ食ったことないだろ」

「そんなことはない」

小泉はせっせと食事をする。早飯は医師の特性のようなものだ。食べられる時に食べておく。医療従事者の常である。

「母はナースだ。今は総師長だから、日勤だけだが、僕が高校生の頃までは夜勤もしていた。一人で食事することもあった」

「でも、作り置きはしていたわけだ」

芳賀はあっさりと言った。

「レンジでチン以外のこと、したことないだろ」

「………………」

図星である。母はクッキングスクールにも通ったことのある料理好きの料理上手で、勤務のシフトが決まると、それに合わせて、きっちりと作り置きをしてくれた。だから、小泉は自分で料理をしたことがほとんどない。必要がなかったのだ。

「……そういう芳賀先生はどうなんだ？」

「兄貴見てりゃわかるだろ」

芳賀はラーメンを食べ終わって、おにぎりを食べ始めた。今日のおにぎりは焼きたらこと鮭(さけ)だ。

「水本さんとあなたは関係ないだろう？」

「あるさ。どっちもあの母親から生まれたんだ」

とは言っても、水本と芳賀はほとんど一緒に暮らしたことがないはずだ。何せ、芳賀は生まれてすぐに日本に連れてこられ、水本は仕事で来日するまで、ずっとアメリカにいたのだから。

「……人は血よりも環境だと思う」

「環境なら大して変わらないよ」

芳賀は軽く笑う。焼きたらこのおにぎりをもぐもぐと美味しそうに食べている。

「兄貴は一応、あの母親と一緒に暮らしていることにはなっていたけど、面倒見ていたのは、彼女じゃなくて、兄貴の方。兄貴の家事能力の高さ見ればわかるだろ？」

「ああ……まぁ……」

水本は、スペインバル『マラゲーニャ』を、あのマンションの一階で経営しているが、驚いたことに料理を専門的に勉強したことはないのだという。店を開こうと思った時に、行きつけで気に入っていた店で一年間働かせてもらったというが、逆に言うと、修業らしいものはそれだけだという。それで、店を繁盛させているのだから、ある意味天才肌なのだろう。

「俺も、一通りの家事はできるよ。料理も、大雑把ではあるけど、食えるものは作れる。俺が中学に入った年に、俺を育ててくれたばーちゃんがくも膜下で急死してさ。学校が中高一貫の全寮制だったから、普段の食事は困らなかったけど、長期休暇で寮が閉まる時は、自宅に戻るしかなかったし、俺が高一の頃まで日本にいた父親は、家事はできるけど、居職で、昼夜逆転の生活。俺が帰ったって、生活のリズムは変えてくれない。当然、俺のメシの面倒なんか見てくれなかったからな。自分で作るしかなかった」

　鮭のおにぎりも食べ終わって、芳賀はお茶を飲んでいる。小泉も食事を終えていた。少年のように華奢（きゃしゃ）な体型の小泉だが、意外にしっかりと食べる方だ。食べないと痩せて、体力が落ちてしまう体質なので、何があっても食べなければならないのだ。ここに就職した当初は、ストレスもあって一時的に食べられなくなったが、あの時は骨が浮くくらいに痩せて、周囲を心配させた。今はしっかりと食べられるようになったので、相変わらず華奢ではあるが、二度見されるような痩せ方はしなくなった。

「これでも、ばーちゃん直伝の煮物とかは、兄貴も満足させるくらいの腕だぜ。今度、食べさせてやるよ」

　芳賀のマンションにはしょっちゅう行っていて、泊まることも多々あるが、たいていそういう時は帰り自体が遅くなっているので、外食か病院のカフェで軽く何かを摘まんでいる。芳賀が腕を振るう機会は、意外になかったのだ。

「だからさ、詩音（しおん）」

　芳賀が声を低くした。さすがに、名前呼びを周囲に聞かれてはまずいかなという配慮はあるらしい。何せ、立派なキラキラネームの上、それにぴったりの容姿持ちの小泉だ。周囲は、小泉を名前呼びしたくて仕方ないらしい。実際、名前の下に『先生』をつけて、陰ではこっそり呼んでいる者もいると聞いた。しかし、残念ながら、小泉は自分の名前があまり好きではなく、肉親と恋人以外には呼ぶことを許していない。唯一の親しい友人である麻酔科医の志築公(しづきこう)にさえ、名前は呼ばせていないのだ。

「あのマンションに住んじゃえって」

「………」

母には、まだマンションを借りたことを話していない。

母に話すことが怖かった。

小泉にとって、両親は最大の尊敬の対象だった。良くも悪くも、小泉は両親の影響を多大に受けている。何せ、母は父を尊敬し、父も母を尊重している。母は小泉に『お父さまは素晴らしい方よ』と言い聞かせ、父は『母さんは唯一無二の人だよ』と言う。お互いに対する愚痴など聞いたことがない。そんな欠点などないと思っていた母が、小泉に対して、明らかに理性的ではない、道理に合わない発言をした。それも、いつもの極上の笑みを浮かべながら。

母は小泉が自分に従うのを当たり前と思っている。小泉が自分に逆らうことなど絶対にないと疑いもしない。その違和感……小泉を、すでに三十歳を超えた大人ではなく、あくまで自分の『子供』として扱う異常さ。それが、母の中で何の疑問もなく、当たり前のこととして認識されていることが怖かったのだ。

「……少しずつ、家から離れるようにする」

「詩音」

芳賀が少しだけ苛立った様子を見せる。いつも飄々としている口調が、ほんの少しだけ険を帯びる。

「おまえは医者なんだぞ。自分で医者になることを選んだんだぞ。その時点で、すでに患者に対する責任が生じてるんだ。親と患者、今はどっちを優先すべきかわかってないのか？」

「おーや、生意気だ」

突然、上から降ってきた声に、二人はびっくりして顔を上げた。いつの間にか、二人のテーブルの横に、麻酔科医の志築が立っていた。彼はすでに食事を終えていたらしく、テイクアウトのコーヒーを持っている。彼の後ろには、ひっそりと小柄な消化器外科医、谷澤葵が立っている。よく一緒にいるのを見かける二人だが、傲岸不遜なところのある志築と、いるのかいないのかわからないくらいおとなしい谷澤の組み合わせは、何とも奇妙ではある。

「志築先生」

芳賀が苦笑した。一瞬険しくなった表情がすっと緩んで、元に戻る。

「生意気って、俺のこと？」

いつもの飄々とした口調で言った芳賀に、志築はふんと軽く鼻を鳴らした。

「小泉にそんなこと言うはずないじゃない。そんなの今さらだ」

「生意気って……俺、先生より二つ上なんだけど」

志築と小泉は同期なので、志築も芳賀より二級下だ。しかし、そんなことを歯牙にかける志築ではない。

「お生憎様。アメリカに三年間いた先生より、俺の方が日本での臨床は一年長い」

「……そこかよ」

芳賀は呆れたように志築を見上げる。

「先生ってさ、基本的に、外科医を下に見てない？」

「そりゃそうだ」

志築はあっさり頷く。彼の後ろで、小動物じみた可愛らしさのある外科医が困ったようにうつむいていた。谷澤はそっと手を伸ばして、軽く志築の羽織っている白衣の袖を引く。

「先生」

「おや、ここにも生意気なのがいたか」

志築は軽く谷澤の額を指先で弾いた。デコピンというやつだ。

「黙っといで、葵」

　そして、芳賀に向き直る。

「当たり前じゃない。あんたたち外科医は、俺がいないと手術に入れない。そりゃ、確かに、麻酔科医のいない病院じゃ、外科医が麻酔を兼ねるけど、ここレベルの手術部になると、麻酔科医なしじゃ無理。あんたたちじゃ、手術室の掛け持ちとかできないっしょ？　麻酔トラブルにすぐに対応できないっしょ？」

「志築」

　小泉が言葉を挟む。

「おまえはいつもいらない軋轢を生むな」

「おまえに言われたくないよ、小泉」

　何せ、幼稚園からのつき合いだ。お互いに『親友』などという言葉は死んでも口にしないが、いろいろとめんどくさい小泉とうまく距離を保ちつつ、唯一友人関係を続けてきたのが志築だ。

「医者にだって、プライベートはあるよ。滅私奉公なんてやってたら、医療従事者はつぶれる。まぁ……オンコール込みの高い給与であることは確かだから、そこは譲らなきゃならないとこかもしれないけどね」

　どうやら、志築は小泉が置かれている立場を理解しているらしい。何しろ『毒蛇』と恐れられる男だ。敵の懐にするりと入り込んで、牙をむく。さすがに、友人である小泉に牙はむかないだろうが、情報はしっかり仕入れているということか。

「志築先生」

谷澤が困ったように、きれいな形の眉を寄せている。うつむきがちなので、ちょっと見ただけでは顔の作りはまったくわからないが、よく見ると可愛らしい顔立ちをしている。地味な感じだが、造作は整っている。

「先生、いろいろと……言い過ぎです」

「だから、おまえは黙っといで、葵。余計なこと言うと、いじめるよ」

ぴしゃりと言って、志築は小泉に向き直った。

「確かに、芳賀先生の言い草は生意気だけど、一理はあるよ」

「また、生意気って言った……」

ぼそっと言った芳賀を無視して、志築は言葉を続ける。

「小泉、おまえね、いい加減親離れした方がいい」

さすがの志築も周囲を慮(おもんぱか)って、声は低いが、何せ、小泉と芳賀は死ぬほど目立つ。院内一の美貌の大天使と、モデル体型のクォーターの男前の組み合わせだ。いくら、志築が気を遣っても、周囲はお耳がダンボである。

「天使様としては、聖母マリアから離れがたいのかもしれんが、いつまでもマリア様からおっぱいもらうわけにはいかないんだぞ」

「志築……っ」

「いかに天使様でも、いずれは一人で飛ばなきゃならないんだ。いい機会だと思うがね、俺は」

志築は少し早口で言いたいことだけ言うと、くるりと後ろを向いた。

「そんなに引っ張るな。しわになるだろうが」

そして、後ろで泣きそうになっている谷澤の頭を軽くはたいて、さっさと歩き去っていく。谷澤はぺこんと小泉と芳賀に頭を下げて、志築のあとを追っていった。

「……好き放題に言われたな」

芳賀が小さく笑う。

「マリア様って、詩音のお母さんのこと？」

小泉はしばらくの間、口が利けなくなっていた。

志築の口が悪いのは今に始まったことではないが、小泉相手にここまで突っ込んだ物言いをしたのは初めてだ。いかに志築といえども、今までは小泉に気を遣っていたということなのだろうか。何せ、勘のいい志築のことだ。小泉の変化を敏感に感じ取って、ここまでは言っても大丈夫というラインをぐっと下げてきたらしい。

〝びっくりした……〟

ここまで、あけすけに言われたのは初めてだ。

「詩音……？　大丈夫か？」

「あ、いや……」

ようやく、小泉は目をぱちぱちと瞬きながら言った。

「……母は、東興学院大医学部付属病院の総師長で、周囲から『聖母』と呼ばれているらしい……」

「ああ、それで『マリア様』か。しかし、『聖母』ってのも、すげぇあだ名だな」

「……非の打ち所のない人だから」

小泉は少し笑った。

「とにかく、誰からも悪い噂を聞かないし、父からもいつも絶賛しか聞かない」

「え」

芳賀はびっくりしたように、お茶を飲んでいた手を止めた。

「結婚して、何年だよ」

「結婚して、すぐに僕ができたと言っていたから……三十三年くらいかな。他の夫婦は知らないから何とも言えないが、けんかなんかしたところは見たことは一度もないし、父がドイツに行ってからは遠距離恋愛みたいなものだから、とにかく、一緒にいられる時は、ほぼずっと傍にいる。母からも、父がどんなに素晴らしい人かということしか聞いたことがないな」

「………」

小泉の言葉に、芳賀はしばらくの間、じっとただ小泉を見つめていた。宝石のように美しい瞳に見つめられて、小泉はほんのりと耳たぶを染めて、小さく息を吐いた。

「……どうしたんだ？　そんなに呆れたように見られるようなことを、僕は言っているか？」

「いや……」

芳賀は小泉から視線を外し、ふっと窓の外を見た。病院が高台にあり、その上、ここは最上階の十階なので、今日のようによく晴れた日には、かなり遠くの山並みまで見える。そこまで視線を遊ばせて、芳賀はゆっくりと言った。

「何か……おまえと俺は、正反対の生育環境だったんだなぁって……改めて実感しているところだ」

「ああ……」

芳賀は、生まれてすぐに母親から離れて父親の元に送られ、その父からも、なぜか育ててもらえずに、父方の祖母に育てられているのだ。小学校の終わりまでは両親に、父がドイツに渡ってからは、母に大切に守られて育てられた小泉とは、確かに真逆の生育環境だ。

「でも……そんなの、この年になれば、そんなに大きな問題じゃ……」

「どうかな」

すうっと視線を戻して、芳賀は唇の片端を上げて笑った。

「……そろそろ行こうぜ。午後の手術の時間だ」

「ああ、そうだな」

空になったトレイを持って立ち上がる。

それは、いつも飄々としている芳賀らしくない、どこか歪んだ、皮肉な笑みだった。


「詩音、帰ってたの？」

その日、小泉は三日ぶりに家に帰った。本当なら、もう少し時間をおきたかったのだが、母からのメールと着信がものすごい数になってきたので、仕方なく帰宅したのだ。

そっと帰宅して、自分の部屋でぼんやりしていると、ノックと母の声がした。

「お夕食は？」

「食べてきたからいらない」

小泉はため息混じりに答えた。

「ごめん、母さん。今日疲れてるから、もう寝る……」

「お父さまから、電話が入っているの。詩音と話したいそうよ」

「え」

小泉は時計を見た。今は午後九時だ。ドイツとの時差は八時間だから、向こうは午後一時か。部屋のドアを開けると、コードレスホンの子機を持った母が立っている。

「……下に行くよ」

小泉の自室は、二階にある。どうせ、子機を返しに行かなければならないのだ。小泉は母から子機を受け取りながら、母を従えて、階段を降りる。

「……詩音です」

『久しぶりだね、詩音』

びっくりするくらいクリアな声が聞こえた。まるで、すぐ隣の部屋にでもいるようだ。

「お久しぶりです」

ダイニングに入り、椅子に座ると、母が向かいに座り、すでにいれておいたらしいコーヒーを前に置いてくれた。小泉はいつもの癖で、スピーカーボタンを押した。母は一瞬でも、父の声を聞き逃したくない人なのだ。

『詩音、最近、ちゃんと家に帰っていないと、母さんに聞いたよ』

父の話に前置きはない。いつもスパッと本題に入ってくる。

『そういう働き方はよくないと思うよ』

「……まだ転職したばかりなので。ペースがつかめないんです。それにオンコールもそれなりにありますので」

『オンコールが多く来るような仕事をしているのかい？　君は』

父の言葉はなかなかに厳しい。小泉は軽くため息をついた。

「そのつもりはありませんが、執刀数が多いので、患者さんも多いです。中には、体調を維持できない方もいらっしゃいます」

『執刀数が多い外科医が偉いわけではないことを、君は知っているよね』

父の口調は穏やかだが、話している内容はシビアだ。父は決して声を荒らげることはない人だが、理路整然と追い詰めてくるようなところがある。小泉はそっとコーヒーを一口飲んだ。これは単なるおしゃべりではないようだ。

『家にもろくに帰れないような状態でしか働けないなら、そこの労務管理に問題があると思うし、そんな状況で行う手術において、最高のパフォーマンスができるとは思えない。君の執刀数が多いことが、決して患者さんにいい影響を与えないのを、君自身は理解しているの？』

「……お言葉ですが、僕が家に帰らないのは、職場が遠すぎるからです。長時間の手術後に、車を一時間運転するのは、時に危険です。パフォーマンスの質を落とさないためには、身体（からだ）を休めることが必要です。ですから……」

『詩音』

　父が小泉の言葉を遮る。

『母さんにも話したんだが、こちらに来なさい』

　一瞬、何を言われたのか、わからなかった。小泉が黙っているので、父は重ねて言った。

『君のために、大学の留学生枠を一つ用意した。留学生として勉強して、そのまま研究者になってもいいし、こちらの医師免許を取って、医師として働くのもいいだろう。どちらにしても、一度こちらに来なさい』

「あの、父さん……」

『激務は褒められることじゃない。無理な仕事は、いずれなにがしかのトラブルを引き起こすものだよ。冬木くんはそのあたりをきちんとコントロールしていたようだが、田巻くんは、自分がすでに外科医としてドロップアウトしてしまっているので、そのあたりの見方が甘くなっているんだろう』

「田巻先生にはよくしていただいています」

　小泉はようやく言った。

「東興にいられなくなった僕を拾って、設備の整っている今の病院に招いてくださいました。待遇もとてもよくしていただいています。至誠会での医師としての仕事に、不満はありません」

『詩音』

父がはっきりとした口調で言った。

『これは提案ではないよ。父として、子供である君に命じます。母さんと一緒に、ドイツに来なさい。君が田巻くんに退職の意思を告げにくいと言うなら、私が直接話してもいい。そうだな……今は二月だから、春には退職できそうだね。その前に、一度こちらには来た方がいいだろう』

「父さん……っ」

小泉は慌てる。

「そんな無責任なことはできません……っ。僕を頼ってきてくださる患者さんも……っ」

『詩音。君は自分を過大評価してはいないか？』

ぴしりと厳しすぎる言葉が耳に突き刺さる。

『君はまだ、医師になって十年にもなっていない。患者に頼られるレベルの医師だと、自信を持つには早すぎるよ』

「………」

天才と呼ばれ続けてきた。一度も無様な失敗をしたことはない。常に仕事の上では、成功体験を重ねてきた。挫折と言えば、教授選に敗れたことくらいだ。しかし。

『君には、まだまだ勉強が必要だ。しかし、君を導いてくれた冬木くんはすでに亡い。君をこれから導けるのは、私だと思っている。母さんと一緒にこちらに来なさい。いいね』

小泉はそっと子機を母に渡した。


スペインバル『マラゲーニャ』は、マンションの一階にある。お約束とも言えるドア前のワイン樽と、ドアにかかった小さな『ｏｐｅｎ』のプレートがなければ、そこが飲食店とはわからないくらいのやる気のなさだ。

「まぁ、僕の道楽でやってるような店だからねぇ」

カウンターの中で、オーナーの水本知成が笑った。金髪に近いくらい明るい栗色の髪と透き通る栗色の瞳。顔立ちは彫りが深くて、はっきりしている。完全に欧米系の容姿を持つ彼は、芳賀の父親違いの兄だ。

「利益はマンションの経営で十分に出てるから、こっちで稼ぐ必要はないんだよ」

優雅な口調で言って水本は、カウンターに色鮮やかな野菜の炒め物であるカポナータと、トマトソースのピザの上に卵を割り入れ、オーブンで軽く火を入れたビスマルクピザの皿を置いた。一応スペインバルとは名乗っているが、料理はフレンチめいたものやイタリアンめいたものが結構ある。美味しければ、何でもいいらしい。そのあたりが『道楽』

ということなのだろう。飲み物はサングリア・ブランカ。白ワインで作るサングリアだ。

「じゃ、ごゆっくり」

察しのいい水本は、すっとキッチンの方に姿を消し、カウンターには、小泉と芳賀が残った。今日の店内は空いている。時間が午後六時過ぎと早いせいもあるし、外は雪が降り始めていて、ひどく寒い。小泉は、水本が渡してくれたブラックウォッチの膝掛けを掛けている。

「ピザ、熱いうちに食べた方がいい」

芳賀が言った。ピッチャーでオーダーしたサングリアをたっぷりとグラスに注ぎ、ぐっと一口飲む。

「あと、何か煮込みを作ってくれるってさ」

小泉は頷いた。

この店に来る時は、いつもお任せだ。その方が美味いものが出てくると、芳賀は言う。メニュー通りのものももちろんオーダーすれば出てくるのだが、毎日書き換える黒板に書いてある『本日のオススメ』の方がずっと美味しいのだという。常連たちはそれを知っているらしく、「マスターのオススメで」とオーダーしているのをたまに聞く。

「ドイツに来いか……」

芳賀がつぶやいた。

「そう来たか……」

昨夜、小泉は父から、至誠会外科病院を退職して、渡独するようにと言われた。

「……今まで、一度もそんなことを言ってきたことはなかったから……驚いた」

サングリアを舐めるように飲んで、小泉はうつむく。

「たぶん、母が泣きついたんだと思う。最近、週に二日か三日くらいしか家に帰っていないから、何とかならないかって」

「でも、詩音のお母さんはどうするんだよ。小泉教授は、おまえだけドイツに来いって言うのか？」

ぱりっといい音をさせて、芳賀がピザを食べている。トマトソースの赤にチーズと卵の黄色。彩りだけでも美味しそうだ。ピザ生地は薄くて、ぱりぱりしているタイプだ。

「卵美味しいよ。詩音も食べなよ。冷めないうちに」

「……母はもう退職の準備をしているらしい。早期退職を願い出たと言っていた。慰留はされているみたいだけど」

芳賀が取り分けてくれたピザをかじる。ぱりぱりとした生地は香ばしく、とろりとしたコクのあるチーズと少し酸味のあるトマトソースをまろやかな半熟卵がうまく繋げている。これはサングリアより、ビールで食べたい味だ。

な勢いだよ」

小泉は少し苦い口調で言う。

「もともと、母はドイツに行きたがっていたから、父が呼んでくれた今は、飛び立つような勢いだよ」

「両親共に、僕の仕事と無関係ではないっていうのは、理解者であると同時に、面倒でもある。両親が医療従事者でなかったら、外科医は激務で、なかなか家にも帰れないって言えば、そういうもんかと思ってもらえたかもしれないけど、何せ、父は同業者で、母はナースだ。心臓外科医の仕事の適正な量というか……どのくらいが限界で、これ以上はパフォーマンスが低下する……という適正な仕事量を把握している。その両親からすれば、週の半分は家に帰れないような仕事量は普通じゃないということになる」

本当は、そのうち半分以上は、恋人の部屋に泊まり、濃密な時間を過ごしたりもしているのだが、さすがにそれは言えない。

「やっぱりさ、ちゃんとお父さんに言った方がいいと思うぞ」

芳賀は、水本がすっと置いていってくれたまぐろとじゃがいものシチューを、あたためられた取り皿に取り分けた。マルミタコと呼ばれるトマト味の煮込み料理だ。ごろごろと入っている大ぶりのじゃがいもとまぐろに、しっかりとした食べ応えがある。スペインでは夏の料理らしいが、やはり身体があたたまる煮込みは冬が美味しい。

「お父さんの方が、話はわかるんじゃないのか？　オンコールがある医者が、病院から車で一時間もかかるところには住めないだろ？」

「だから、やめろということらしい」

小泉は深いため息をついた。パプリカパウダーが入っているという煮込みは、とてもきれいな赤だ。食欲をそそる色で、そっと一口食べてみると、ほくほくとしたじゃがいもと歯ごたえのあるまぐろがお腹にしっかり溜まる感じで、本当に美味しいのだが、憂鬱の種を取り除いてはくれない。

「詩音」

芳賀は小泉のグラスにサングリアを注いでやりながら言った。

「……ちょうどいい機会じゃないのか？　おまえ、お母さんを一人にしたくないから、実家にいたんだろ？　そのお母さんがドイツに行くって言うんなら、おまえはこのマンションで一人暮らしすればいいじゃないか」

「それができるなら……こんなに悩まない」

小泉は細く息を吐いた。

「僕は……正直、一人で暮らしていけるのかどうかわからない」

「生活の面倒なら、俺が……」

「そうじゃないんだ」

小泉は芳賀を遮った。サングリアのグラスを手に取り、そこに答えがあるかのように見つめる。

「僕は……君と出会うまで、両親以外の人間と……プライベートな時間を過ごしたことがない」

「え？」

「あの……事件があってから、僕は両親以外の人間が怖くて仕方がなかったんだ。僕は……おかしな人間だった。誰とも話さず、触れ合うことなく生きてきた。友達もガールフレンドもいない。傍に寄る者は片っ端からひっぱたく……」

小泉はふっと笑った。すうっとサングリアを飲む。白い喉がこくりと動く。

「よくも問題にならなかったものだと思う。君に見せたようなパニックを起こさなかったのは運がよかったのもあるだろうが、やはり、両親の存在が大きかったと思う」

「お父さん？」

そこにまた、新しい皿が届く。

「お待たせ。バカラオ・エン・サルサ・ベルデ。日本語にすると、鱈(たら)のグリーンソースがけ……って感じかな。アサリと鱈から出汁(だし)が出ているから、ソースかけながら食べてね」

丸い大皿に、大きめの鱈の切り身とぱっくりと口を開けたアサリがたっぷり。イタリアンパセリと付け合わせのグリーンアスパラのグリーンが鮮やかだ。にんにくのいい匂いがふわっとして、食欲をそそる。

「兄貴、サングリア……いや、セルベッサにしようかな。詩音は？」

「僕は……セルベッサ・コン・リモン」

「了解。食べてて」

水本がにこっとして、キッチンに引っ込んだ。セルベッサ・コン・リモンは、そのビールをレモンジュースで割ったものだ。

「食べるだろ？」

芳賀がにこりとした。水本と芳賀は、兄弟と言っても、水本の父はアメリカ人、芳賀の父は日本人という異父兄弟のせいか、ルックスからしてまったく似ていない。しかし、笑顔のあたたかさはどこか似た雰囲気を持っている。

「冬の鱈って美味しいよなぁ。あ、今度さ、うちで鍋しよう。鱈ちり。美味いぞ」

「………」

淡泊な鱈に、にんにくとイタリアンパセリの風味が利いていて、やはりこれも、ワインよりビールだ。アサリも大粒で、肉厚である。

「うん、これも美味いな。鱈がみっちりしてる」

「父が……ハンブルク大の小泉優（まさる）教授でなかったら、母が東興学院大医学部付属病院の師長でなかったら、もっと問題は大きくなっていたと思う」

「……それは、両親がご立派だから？」

芳賀は器用に、鱒とアサリを取り分ける。ソースもたっぷりとかけてくれる。

「詩音って、ずっと東興学院だっけ？」

小泉はこくりと頷いた。

「だから、東興学院大医学部付属病院の師長か……なるほどね」

もぐもぐと鱒を食べながら、芳賀が言った。

「美味しいよ。詩音も冷めないうちに食べなよ」

小泉はおとなしく、取り分けてもらった鱒を食べる。

芳賀はアメリカで暮らしていたせいなのか、料理を取り分けることが上手い。鶏の丸焼きもさばけるのだという。いつも、二人で食事をする時は、芳賀がすべて取り分けて、食べさせてくれる。

「……僕は、一人では何もできないな」

小泉はつぶやいた。

「ずっと……両親に守られてきた。あの……事件があって、周囲ともうまくいかなくなって……でも、いつも両親が守ってくれた。彼らは、いつも僕の味方だった。突然、学校でトラブルを起こすようになった息子を、彼らは一度も叱らなかった」

「俺だって、詩音の味方だよ」

芳賀が少し笑う。

「まぁでも……詩音の体験はものすごく特殊で……ものすごく大変なものだった。そんな体験をした詩音が、どれほど苦しんだか、俺は想像しかできない。パニックを起こすことがあっても、全然不思議じゃない」

セルベッツァを一口飲んで、芳賀は静かな声で言った。

「……そんな状態だった詩音が、もしもご両親にきつく叱られたりしていたら、死を選んだかもしれない」

小泉は小さく頷いた。

「僕が死ななかったのは……もしも、僕が死を選んだら、どれほど両親が傷つくか……ということを考えたからだ。絶対に、原因は明かせない。でも、原因もわからず、僕が死んでしまったとしたら、きっと両親は傷つく。僕は……もう誰も傷つけたくなかったんだ」

「詩音」

芳賀はそっと手を伸ばして、小泉の肩を抱いた。小泉の大きな目が潤んでいる。意地でも涙はこぼさないが、大きな黒目がちの瞳には、涙が溜まって、きらきらと輝いている。

「でも、俺はおまえにドイツに行ってほしくない。ずっと俺の傍にいてほしい」

「……わかってる」

小泉はかすれた声で言った。

「僕も……君の傍にいたい」

密(ひそ)やかにささやいて、小泉は芳賀の肩に頬を寄せる。

「……少し時間がほしい。もう……」

カウンターにこらえきれない涙が一粒だけ落ちる。

「誰も傷つけたくないんだ……」

誰も……もう誰も傷つけたくない。

そして、僕ももう傷つきたくないんだ。

ACT 3.

麻酔科医をつかまえたかったら、手術部で待っているのが一番だ。

手術部の中にある回復室に芳賀(はが)が顔を出すと、不機嫌な表情の麻酔科医、志築(しづき)がすぐに視線を投げつけてきた。

「忙しいんだけど」

「暇なの？」

「いや、暇じゃないけど」

芳賀は肩をすくめながら、すうっと中に入った。静かにドアを閉める。

「ねぇ、志築先生、夜、時間取れる時ない？」

「ない」

間髪いれず答えが返ってきた。この麻酔科医は、いろいろな回転が速すぎる。芳賀は、ははっと乾いた笑いを洩らした。しかし、こんなことでめげていたら、この麻酔科医とは話ができない。

回復室は、手術のために全身麻酔をかけられた患者が麻酔から覚醒するのを待つ場所だ。患者はまだ眠っている状態なので、麻酔科医は目を離せないのだが、逆にこの鋭すぎる男に声をかけるには、いいタイミングである。さしもの志築公(こう)も、患者にほとんどの意識を向けている状態なので、いつものカミソリのような鋭さはないからだ。

「そう言わないでさ。おごるから」

「『ラ・リューヌ』で？」

フレンチレストラン『ラ・リューヌ』は、ミシュランの星持ちの一流店だ。値段も一流で、フルコースなら、六桁は覚悟だ。

「し、志築先生？」

「冗談だよ。先生の年俸くらい、想像がつく」

患者の顔とモニターを交互にチェックしながら、志築はクールな口調で切って捨てる。

「うちはお給料いい方だけど、『ラ・リューヌ』のフルコースを三人分となると、結構きついよね」

「ちょっと待って」

芳賀は首を傾(かし)げた。

「何で、三人分？」

「俺と飲みたいなら、もれなく谷澤(やざわ)先生がついてくるから」

「え?」

そういえば、以前『マラゲーニャ』に呼び出した時も、谷澤がついてきていた。本当におとなしくて、存在感がゼロに等しいので、いても気にはならないのだが、不思議な存在ではある。消化器外科医の谷澤葵(あおい)は、手術部での評判は悪くない。腕は確かで、手術の遅延は絶対にないという。ただ、おとなしすぎて、たまにどこにいるのかわからなくなるらしい。

「ねぇ、何で、志築先生呼ぶと、セットで谷澤先生がついてくるの?」

「セットだから」

答えになっていない。しかし、眼鏡越しの冷たい視線が怖くて、突っ込むことはできなかった。芳賀は軽くため息をついて、話を続けた。

「……どっか行きたいとこある? 『ラ・リューヌ』以外で」

「それなら」

志築は、点滴の滴下を調節しながら言った。

「和食は? ちょっとわかりにくいところにあるんだけど、いい店知ってるから」

そして、ふんと軽く鼻を鳴らす。

「何なら、小泉(こいずみ)も連れてきたら? どうせ、彼の話なんでしょ? 本人に聞きゃいいじゃない」

「本人に聞けないことだから、先生に聞くんだよ」

日時を約束して、回復室を出ようとした芳賀に、志築は言った。

「俺は、芳賀先生と小泉専門のカウンセラーじゃないんだけど」

「いや、結構いい線いってると思うよ」

芳賀は振り向いて、にっと笑う。

「先生、麻酔じゃなくて、精神分析医にでもなればよかったのに」


志築が指定したのは、確かにわかりにくい場所にある小さな割烹だった。清潔な店内はカウンターのみで、まだ若い美人女将と白衣の板前の二人だけでやっている店だ。

「……へぇ、素敵だ……。いかにも『日本』って感じ」

物珍しげにきょろきょろする芳賀に、志築は皮肉な笑みを浮かべた。

「アメリカンな感想ありがとう」

そして、にっこり微笑む美人女将に「適当に」と言う。

「食べられないもの、ないでしょ？」

「ないです」

「それでは、一番美味しいものをお出ししましょうね。志築先生、お飲み物は何にいたしましょう」

「俺とこいつはいつもの〆張鶴で。芳賀先生は？　ビールとかもあるよ」

志築が『こいつ』と言うのは、もちろんおとなしく座っている谷澤である。今日も志築は谷澤を連れていた。ふかふかのダウンコートを着た小柄な谷澤は、じっくり見ると本当に整った可愛らしい顔立ちをしている。その整い方に小泉ほどの凄みはないので、異常なまでのおとなしさもあって、目立たないが、これだけ可愛らしければ、それなりに人気が出そうなのにと、芳賀は少し不思議にもなる。

「俺も同じもので」

「はい、かしこまりました」

女将が日本酒を用意する間に、志築がおしぼりで手を拭きながら言った。

「で？　小泉の話っていうと……もしかして、院長に叱り飛ばされたっていう、例の話かな？」

「げ」

まったく、この麻酔科医の情報ネットワークはどうなっているのかと思う。小泉がぺらぺらと話すはずもないし、もちろん田巻でもないだろう。となると、たぶん話の出所は、クレームを入れたというナースだろう。師長まで手懐けているとは、恐るべし志築公だ。

「……いや、繋がってはくるけど、少し違う」

「お待たせいたしました」

　それぞれの前に、美しいカットグラスが置かれた。江戸切子である。芳賀が赤。志築が青。谷澤が緑だ。お通しの皿も並べられる。滑らかな胡麻豆腐である。

「……すっきりしてる」

　一口冷酒を飲んで、芳賀は言った。

「美味しいね、これ」

「新潟の北の方のお酒だよ。俺はこれ一辺倒」

　谷澤も、見た目は少年のようだが、酒は弱くない。結構様になる仕草で、日本酒を飲み、胡麻豆腐をつついて、嬉しそうににこにこしている。

「それで？」

　自分も一口冷酒を飲んで、志築が言った。

「俺に何を聞きたいのかな？　院長の話くらいしか、俺には見当がつかないんだけど」

「……小泉先生が、院長に最後通牒を突きつけられたのは本当」

　この聡い麻酔科医に隠し事をしても、どうせ探り当てられる。正直に言うのが一番だ。

「で、それを聖母マリア様に言ったら、至誠会をやめたら？　とあっさり言われたらしい」

「マリア様？」

一瞬、きょとんとしてから、志築はああと頷いた。

「……ミセス小泉か」

「その上、父君のいらっしゃるドイツに移住しようと……そうおっしゃる」

「はぁ？」

さしもの志築も驚いたような声を出している。その隣で、おとなしく酒を飲んでいた谷澤も、やはり話は聞いていたようで、大きな目をより大きく見開いていた。

「ドイツに来いか……」

「今さらじゃないのかな？」

芳賀は首を傾げる。

「ドイツに連れていくなら、もっと早く連れていくべきだったような気がする。詩音……小泉先生が周囲とトラブルを起こすようになった頃に」

「うーん……まぁ、そうかな」

志築は眼鏡をすいと外した。軽くハンカチでレンズを拭いてからかけ直す。

「それで？」

あくまで、聞き取り一辺倒のつもりらしい。芳賀はくいとグラスを空けた。

「すみません。同じものをもう一杯」

「はぁい」

女将が空になったグラスを下げて、すぐに新しいグラスに冷酒を注いで、置いてくれた。

「俺は、小泉先生のご両親が何を考えていらっしゃるのか、全然わからないんだ。せっかく、至誠会で実力を発揮して、周囲ともうまくいくようになった小泉先生を、なぜ、ずっと支配下に置こうとするのか。小泉先生はもう三十二だろ？　親の羽の下にいる年齢じゃないし、医者としても十分に自立できる力を持っている」

「……理想の家族」

志築がふと言った。

「え？」

「小泉のところはさ、理想の家族なのよ」

そこに女将が皿を並べてくれる。

「はい、お待たせしました。寒ブリの照り焼き大根でございます。寒ブリを照り焼きにして、ブリ出汁(だし)で炊いたお大根を添えてございます」

いい照りのブリとほっくり柔らかく炊いた大根が一つの皿で供された。ブリは臭みもなく香ばしく、大根はしっかりと味がしみていて、これもまた美味しい。

「……理想の家族？」

しっかりと締まったブリは日本酒に合う。しばらく、その美味しさを楽しんでから、芳

賀は話を元に戻した。

「どういうこと?」

「尊敬できる父、優しく美しい母、出来がよくて美形の息子。ほら、理想的じゃん」

志築がいつものように皮肉な口調で言った。

「気持ち悪いくらいにね」

「志築先生……」

おとなしく飲んでいた谷澤が、これもまたいつものように、困ったように言う。

「言い過ぎです……」

「だって、気持ち悪くないか? お互いに尊敬し合っている、結婚三十年超えのラブラブ夫婦とか、両親以外には懐かないワンオーナードッグみたいな息子とか」

志築は冷酒をぐっと飲む。

「あり得ない」

「……確かに」

芳賀は頷いた。

芳賀には、どうしても理解できない。なぜ、あれほどに小泉は苦しみ、悩むのかと。

彼はもう立派に自分の足で立っている大人だ。医師として、天才と呼ばれるほどの才能を持ち、多くの患者から求められ、職場の信頼も得ている。

ティーンエイジャーの頃の恐ろしい経験のトラウマに苦しんでいたのも、すでに過去である。完全にそこから脱したとは言いがたいところもあるが、それでも、ずいぶん楽になったはずだ。それが証拠に、彼は人の目を見て話せるようになり始めている。言葉も出るようになった。人の感情に敏感になった。もう彼は大丈夫だと思う。彼には、明るい未来しかないと思う。それなのに。

「小泉はさ」

だし巻き卵を出汁で煮て、かに肉入りの餡（あん）をかけたものを美味しそうに食べながら、志築が言った。

「あのスーパーご両親様の作品なのよ」

「作品？」

苛立（いらだ）っているせいか、やたら酒が進んでしまうので、芳賀はビールにしてもらう。鶏モモの黒胡椒（こしょう）焼きは、そのビールにぴったりのスパイシーさだ。

「親子関係としては、相当歪（ゆが）んでると俺は思うね。あの家族はさ、三人で一つの家族じゃなくて、カップルが作品としての息子を作って、それを愛（め）でている……そんな気がするのよ、俺は」

「作品としての息子……」

「だから、絶対に手放さないんじゃないのかな。作品って、作ったら自慢したいっしょ？

これが私たちの最高の作品だって。だから、自立なんか絶対にさせない。常に愛でて、自慢できるように手元に置いておく……」

「親ってさ……」

たっぷり挽いた黒胡椒がぴりりと舌を焼く。ざくざくした舌触りの鬼おろしと一緒に口に入れると、なかなかに刺激的だ。

「そんなに……大事なもんか？」

「おや、根源的な問題を提起したね」

志築が皮肉に笑う。

「芳賀先生は？　ご両親大事にしないの？」

「俺にとって、彼らは俺を製造しただけの人たちだよ」

芳賀は淡々と言った。

「俺は、彼らに育てられていない。俺を育てたのは、父方のばーちゃんでね。そのばーちゃんも、俺が中学に入った年に急死したから、それからは勝手に育った。俺をこの世に生み出してくれたことには感謝しなきゃならないんだろうけど、作ったなら責任取れよなって思ったことはある」

「そりゃまた……」

志築がひゅっと軽く口笛を吹いて、隣の谷澤に軽く袖を引かれている。

「だから、正直、詩音……小泉先生の気持ちが全然理解できないんだよ」

なぜ、彼はあれほどに両親に依存し続けるのか。

俺がここにいるのに。いつでも、俺が抱きしめてやるのに。

おまえを闇から光の下に連れ出したのは誰だ？

俺じゃないのか？

「俺たちは生まれ落ちた時から、親とは別の人間なんだよ。親の付属物じゃなくて、一人の人間なんだ。いつかどこかで、親とは別の道を歩き出さなきゃならないんじゃないのか？」

「普通ならね」

志築はふと腕の時計を確認し、隣を振り返って、谷澤の顔を見た。

「ご飯にする？」

谷澤の大きな目が志築を通り越して、芳賀を見た。気を遣っているらしい。

「女将さん、ご飯ものは何があるの？」

芳賀が尋ねると、女将はにこりとした。

「今日は新海苔（のり）としらすをつかった炊き込みご飯です。色は飛んじゃいますから、あんまり見た目はよくないんですけど、海苔をたっぷりと炊き込んだ、海の香りのご飯です。お食事になさいますか？」

「そうだね。志築先生もいいよね」

芳賀に言われて、志築が頷く。時計の針は十時を回っている。明日も激務である。寝ておかなくては。

「……何にしても」

ご飯が供されるのを待つ間に、残っていた冷酒を飲み干して、志築が言った。

「ご立派すぎる両親を持つと、いろいろと大変ってことだよ」

「……まぁな。わかる気がする」

「何せ、小泉の場合、あの強力な『旦那世界一大好きマドンナ』が母親だ。しかも、現在進行形で同居中。毎日、洗脳されてるようなもんだから」

芳賀も少しぬるくなったビールを飲み干す。

「……分が悪いや……」

「何か言った？」

芳賀の低いつぶやきを、耳と勘の恐ろしくいい麻酔科医は聞き取る。芳賀は軽く首を横に振った。

「いや……何でもない」

「ふうん……」

「お待たせいたしました」

二人の間に微妙な空気が流れた時、それをうまく断ち切るかのように、女将の明るい声がした。

「新海苔としらすの炊き込みご飯でございます。赤だしと香の物もおつけしますね」

可愛らしいお盆の上に、ふっくらとした炊き込みご飯のつけられた茶碗とあたたかく湯気の上がる味噌汁、豆皿に入ったごぼうの酢漬け。

「美味しそうだね」

志築が箸を手に取りながら言った。

「葵、ちゃんと食べるんだよ」

谷澤にいつものように言ってから、志築はくるっと芳賀の方に顔を向けた。その口元に質の悪い笑みが見える。

「ところで、芳賀先生。いつの間に、小泉を名前で呼ぶようになったの？」

「え」

芳賀の顔には「あ、やばい」と書いてある。志築の唇の片端がくっとつり上がった。

「あのめんどくさい暴君が名前呼び許すなんて、よっぽどの仲だねぇ」

とりあえず、聞こえないふりをして、芳賀は美味しい炊き込みご飯をかき込んだ。

ACT 4.

小泉の父である小泉優教授が帰国したのは、二月の半ばだった。

「やっぱり、こちらの方があたたかいね」

小泉が家に帰ると、わざわざ父が玄関まで出迎えてくれた。

「おかえり、詩音」

「……おかえりなさい、父さん」

父とは、去年の夏に会ったのが最後だ。年に三、四回しか帰国できない多忙な父もまた、母と同じように、時間を止めているタイプである。小泉の記憶にある両親は、小泉が物心ついた頃からほとんど容姿が変わっていない。さすがに、父は少し白髪が増えたかなとは思うが、それくらいのもので、すらっとした長身のプロポーションも、理知的なルックスもまったく変わらない。

「詩音、お父さま、あなたを待ってらしたのよ。お夕飯は食べてきたの？」

父と一緒にリビングに入ると、母が飛び立つようにして、父に寄り添った。

「あ、うん……手術の後、お腹空いたから病院で食べてきたよ」

「じゃあ、コーヒーいれるわね。あなた、コーヒーでいいかしら？　それとも紅茶？」

「私もコーヒーがいいな。詩音の好きなライジーファーのバウムクーヘンを買ってきたよ。一緒に食べよう」

バウムクーヘンは、確かにドイツ発祥の焼き菓子なのだが、意外とドイツで見つけることは難しい。ライジーファーはハンブルクにあるショップで、小ぶりなバウムクーヘンが買える。ここの可愛らしいリボンのついたパッケージが、子供の頃の詩音は大好きだった。バウムクーヘンは滑らかなチョコレートでコーティングされていて、とても美味しい。父のおみやげというと、ハリボーのグミとライジーファーのバウムクーヘンなのだ。

「……着替えてきます」

「早くね」

母の声を背中に、小泉は自分の部屋に向かった。

小泉家のリビングは広い。普段の生活ではほとんど使われることはなく、応接間的な位置づけで、母と小泉はダイニングの方で過ごすことが多い。しかし、父が帰国した時は別だ。母はリビングの掃除をし、ソファに新しいカバーを掛け、明かりをつける。

「ハンブルクは寒いのかしら」

トレイにコーヒーカップを三つのせて、母がリビングに入ってきた。

いつもならマグカップだが、今日はきちんとソーサーをつけたカップだ。父はマグカップをほとんど使わない。コーヒーは冷めないうちに飲む主義らしく、長々とマグカップに入れておくことはない。

「そうだね。私が家を出た時には、ちょうど零度だったよ」

バウムクーヘンもきちんとプレートにのせて、フォークがつけられている。

父は几帳面（きちょうめん）な性格で、だらしない姿など見せたことがない。今日もドイツから帰国したばかりなのに、疲れた顔も見せず、母が用意しておいたしわ一つないシャツとカシミアのカーディガン、センタープレスのパンツという姿だ。父は母と並んでソファに座り、小泉は両親と向かい合って、一人掛けの方に座った。これがいつもの配置である。

「おかえりなさい、父さん」

小泉は改めて言った。

「ただいま、詩音。仕事がずいぶん忙しいようだね」

父の声は豊かなバリトンだ。すでにドイツに渡って二十年以上。日本語よりもドイツ語を話す時間の方が長くなっている人である。日本語を話すと、母国語のはずなのに、どこかぎこちない感じになる。

「はい」

　小泉は頷いた。

「とても充実しています。至誠会外科病院は、とても働きがいのあるところです。たくさんの執刀を任せていただいています」

「そのようだね。君の評判は、ドイツにまで聞こえているよ。東興にいた頃より、君の手術は評価が高くなっているようだ」

「……ありがとうございます」

　父との会話は、いつもこんな風だ。父を深く尊敬している母にしつけられて、小泉は幼い頃から父とは敬語で話す。父は、小泉が小学校六年生の時にドイツに渡った。ハンブルク大学に研究員として招かれ、今は教授として教鞭をとりながら、心臓外科医として執刀も続けている。

「それでだね、詩音。君のために、うちの大学に留学生の枠を用意した。君も三十歳を超えた。次のステップに進むには、いい年齢だと思う」

「次のステップ……」

　父が穏やかに微笑む。

「詩音、君には、一日中メスを握って、執刀に追われるような医師になってほしくない。君には、心臓外科医としてもっと極めてほしいと思っている」

小泉は両手を膝に置いたまま、父の話を聞いている。それはいつもの光景だ。

「……どういうことでしょうか」

「お父さまはね、詩音。詩音に、新しい術式を考案するような、そんな世界トップクラスの心臓外科医になってほしいとおっしゃるの」

母が言葉を添えた。

「私もそう思うわ、詩音。今の詩音は、おうちにも帰れないような忙しすぎる生活をしている。ずいぶん痩せたし、顔色もよくないわ。できたら、東興学院に戻ってほしいと思ったのだけど、お父さまにご相談したら、それは勧めない。もう日本にいるよりも、ドイツに来た方がいいとおっしゃってくださって」

やはり、母は父に言ったのかと、小泉は心の中でため息をつく。

「冬木(ふゆき)くんが亡くなった時に、こうするべきだったね、詩音」

父が静かな声で言う。

「君にいらない負担をかけてしまった。やはり、君は日本の大学には向かなかったようだね。私自身が、日本の大学医局の人間関係に疲れて、海外に居場所を求めたのに、君にその可能性を考えなかったのは、私の手落ちだ」

「いえ……僕には協調性がないので……」

小泉はぽつりと言った。もともと、話すのは得意ではなく、おとなしい子供だったが、あの事件以来、なお、人と話すのは不得手になった。ほとんど不可能のレベルまで達していた。それは、相手が肉親でも変わらない。

「君の年齢で、医学部の准教授まで駆け上がれば、当然、周囲の嫉妬や反感を招くだろう。教授選に勝てないのもわかっていたのに、私は自分の忙しさにかまけて、君のことをお母さんに任せてしまっていた。申し訳なかった」

「そんなこと……」

「いえ、私の力不足です」

母が父の腕にそっと手をかける。

「ごめんなさいね、詩音。冬木先生がお亡くなりになって、あなたがどれほど傷ついたかわかっていたはずなのに、私は寄り添ってあげられなかった。あなたがこんなにやつれるまで、私は気づくことができなかった。母親失格だわ……」

永遠の一対。

両親を見ていると、小泉はいつもそう思ってしまう。

美しい容姿。最高の知性。お互いを思いやる心。こうして寄り添い合い、愛し合っている両親は、小泉にとって、間違いなく一つの理想の姿だった。

「詩音、お父さまが今回帰国なさったのは、あなたに直接お話をなさるためなの」

「冬木くんのお墓参りもしたいし、東興学院に居場所をなくした君を引き取ってくれた田^(た)

巻（まき）くんにも挨拶をしたい。君を退職させることになるから、その点でもきちんと挨拶をしないとね」

「父さん」

小泉はうつむいたまま、そっと言った。

「僕は……まだドイツに行くとは……」

「行かない理由はないと思うよ、詩音」

父が穏やかに遮ってくる。

「向こうには、最高の環境を用意した。君は明日からでも、最高の環境で研究や勉強ができるし、医師免許取得の準備もしてある。家族で住むための家も用意したよ。今までは私一人だったから、気楽に住めるアパートにいたんだけど、三人で暮らすなら、やはりきちんとした家が必要だからね」

母が微笑む。

「やっと、お父さまと詩音と三人で暮らせるのね……」

母がにっこりして、バウムクーヘンをのせたお皿を小泉に差し出した。

「詩音、バウムクーヘン好きよね。お母さんの分も食べなさい」

「……はい、母さん。ありがとう……」

幸せそうに微笑む両親を前にして、小泉はただ頷くことしかできなかった。

ＣＡＢＧ（冠動脈バイパス手術）は、長時間かかる手術だ。繋（つな）ぐ血管の数にもよるが、平均五時間から八時間かかる。

「ふえーっ！　疲れたっ！」

めったに文句は言わない芳賀（はが）だが、今日の手術はなかなかハードだった。

冠動脈は、心臓の直近の大動脈から出て、心臓の表面を覆うように走っている。冠動脈と呼ばれるのは、その形状が木の枝でできた冠のように見えるからだ。冠動脈は、右冠動脈と左冠動脈に分かれ、さらに左冠動脈は左前下行枝、左回旋枝に分かれる。三本の冠動脈のうちの一本が詰まった状態は一枝病変、二本が詰まった状態は二枝病変、三本すべてが詰まった状態は三枝病変と呼ばれる。

「三枝病変で、グラフトもなかなか取れないし……。きつかったぁっ！」

「でも、手術時間は遅延していない」

七時間を予定していた手術は、ぎりぎり予定時間で終わり、執刀医の芳賀と前立ちの小泉は、午後九時に病院を出ることができた。

「十分だと思うけど」

『マラゲーニャ』で軽く夕食を摂（と）って、二人は芳賀の部屋に帰った。小泉は自宅に帰るこ

 とも考えたのだが、ひと休みして帰宅したら、午後十一時を回る。こんな時間に帰ったら、休暇をとって帰国している父を心配させてしまう。今日は当直ということにして、芳賀の部屋に泊まることにしたのだ。

「詩音、風呂入るか？」

「いや、手術後にシャワー浴びてきたし、ワインも飲んだから……やめとく」

小泉はため息をついて、ソファに座った。少し眠い。

父が帰国して、三日が経っていた。昨日までは、少し無理をしても帰宅していたのだが、さすがにもうギブアップだった。もともと体力はそれほどない方だ。短い時間の手術なら、何件か執刀しても休憩が取れるので、それほど疲れないのだが、やはり長時間の手術は体力を取られる。小泉が専門としている弁置換手術は、長くとも四時間で終わるのだが、芳賀の専門である冠動脈バイパス手術は、長時間の手術となる。今日は、弁置換を一件執刀してからの前立ちだったので、なお、小泉は疲れていた。

「何か飲むか？　コーヒー……はカフェイン多めか。ココアでも飲むか？」

「ココア？」

芳賀がキッチンでとりあえずお湯を沸かし始めた。部屋がふわっとあたたかくなる。

「そんなのあるの？」

二人きりになると、急に小泉の言葉遣いは可愛らしくなる。やはり、第三者の目のあるところでは、小泉の緊張は解けない。二人きりになって、やっと小泉は肩の力を抜く。

「あるよ。飲む？」

優しく聞かれて、小泉は頷いた。ソファから立ち上がり、ココアの缶を棚から取り出す芳賀の傍に行った。芳賀はココアをホーローの手鍋に入れ、砂糖を振り入れた。

「砂糖入ってないの？」

「純ココアはね。甘い方がいい？」

尋ねられて、小泉は頷いた。疲れている時は、甘いものがほしくなる質だ。ココアと砂糖を入れた上に、少しだけ牛乳を加えて、鍋を弱火にかけ、芳賀はスプーンで練り始めた。

「そんな風にして作るんだ……」

小泉は目を丸くする。ココアと言えば、粉末をお湯に溶かすのしか知らない。丁寧にペースト状になるまで練ると、残りの牛乳を加えて、よく溶かし、沸騰する寸前で火を止めた。あたたかいココアをマグカップに注ぎ分けて、芳賀は小泉に渡した。

「……美味しい……」

滑らかで甘いココア。粉末のインスタントよりも、カカオの風味が濃厚だ。

「座って飲めよ」

芳賀は笑って、小泉の頬に軽くキスをした。小泉はカップを持ったまま、ソファに座る。

「……父が帰国したんだ」

小泉はふいに言った。芳賀は小泉の隣に座り、優しく肩を引き寄せてくれる。

「……ハンブルクに家を買ったと言っていた。大学には、すでに僕の席が用意されているし、母も退職のための引き継ぎをしている」

「詩音」

芳賀は小泉のこめかみに軽く唇を触れた。

「行くつもりじゃないだろうな」

「……行かなきゃならないような気がしてる」

小泉は正直に言った。

「ここまで両親にさせてしまったのは……僕だ。僕が不甲斐ないから、両親を心配させてしまった」

「あのな」

芳賀が軽く小泉の肩を揺さぶってくる。

「おまえ、何で、ご両親のことになると、そんなに冷静さを失うんだ？　小さな子供じゃないんだぞ？　しっかりしろよ」

「僕は……両親に守られてきたんだ」

小泉は抑揚のない口調で言う。

「両親がいなかったら……今の僕はないんだ。僕は……自分の迂闊な行動で、十七年間、両親に心配をかけ続けてきた。精神的に安定せず、周囲とトラブルを起こす僕を見捨てずに、ずっと見守ってくれた。本当なら……もっともっと、父と母が自慢できる子供でなければならなかったのに……僕はその期待を裏切ってきた」

「詩音」

芳賀が妙に苛立った口調で言った。少し乱暴に、小泉の手からカップを奪ってテーブルに置き、両手を肩にかけて、強く揺する。

「おまえ、親に洗脳されてんのか？　変だぞ、明らかに。何で、そこまで親に気を遣ってんだよ！　しっかりしてくれよ！　親なんか、もうどうでもいいだろっ！」

「……え……」

小泉はうつろな目を上げた。疲れているせいなのか、妙に目がとろんとしている。

「どうしたの……？」

「それはこっちのセリフだっ」

芳賀は低い声で吐き捨てた。

「おまえはちゃんとした大人だろ？　誰からも認められている医者で、至誠会になくてはならない存在で、俺の大事な恋人だろ？　そのすべてを捨てて、親の羽の下に戻るって言うのか？　馬鹿じゃないのか？　おまえ、どんどんおかしくなってるぞ。毎日毎日、両親から一緒にドイツに行こうって言われ続けて、おかしくなってるんじゃないのか？」

「君には……わからない」

小泉はぽつりと言った。

「きちんと……両親に育てられていない君には……親の大切さはわからない」

芳賀の手にぎゅうっと力が込められた。

「痛い……」

「おまえ……自分が何言ってんのか、わかってるか」

芳賀の声がさらに低くかすれた。いつも澄んでいるグレイッシュパープルの瞳が、ぎゅっと細められて、銀色に見える。

「いい加減にしろ……甘ったれるんじゃねぇ……」

「芳賀先生……」

いまだに、小泉は芳賀のことを『先生』と呼ぶ。いつもなら、そう呼んでも仕方ないとばかりに苦笑してくれる芳賀が、ぎりっと歯を嚙みしめる気配があった。と、次の瞬間、小泉は腕を摑まれて、ソファから引きずり上げられた。

「な、何……っ」

きつく腕を摑まれ、連れていかれたのは、ベッドルームだった。ベッドに突き飛ばされて、小泉の顔がすうっと白くなる。

「どうした……の……」

「おまえの親は、おまえのことを何もわかっちゃいない」

乱暴にドアを閉めて、芳賀がゆらりとベッドの横に立つ。

「そして、おまえは……俺のことをわかろうとしない」

「わかろうと……しない……？」

「おまえの目は俺を見ていない。だから」

芳賀が手を伸ばした。小泉の着ているセーターをその下に着ているTシャツごと乱暴にまくり上げる。

「何する……っ」

「教えてやるよ。俺が……どんなやつかってことを」

小泉の両手を頭の上に上げ、片手で細い手首をまとめて摑む。抵抗を封じておいて、片手でチノパンと下着を無理矢理下ろす。

「やめ……やめて……っ！」

小泉が悲鳴を上げた。

「嫌だ……っ！」

セーターとTシャツをぐいと上に上げられて、頭を抜き、手の動きを封じられる。下半身を裸にされて、小泉は凍りついた。

この感覚は知っている。無理矢理に服を剝ぎ取られ、下半身だけをむき出しにされて、男の下に押さえつけられる。両足を大きく広げられ、密やかに息づいている小さな蕾を力尽くで開かれる。

「やめて……っ！　嫌だ……っ！」

「いくらでも泣きわめけばいい」

芳賀のがさがさとした声がした。固く閉じたままの蕾に冷たいゼリーがたっぷりと塗りたくられる。

「おまえはどうせ、俺のことなんかどうでもいいんだろ。だから、俺もおまえのことはどうでもいい。いくら泣きわめいても、気絶しても……許さない」

小泉の足を広げさせ、その間に身体を入れ込み、膝立ちになっていた芳賀が、自分のジーンズのファスナーを下ろし、下着を下げた。まだ実りきっていないものを自分の手で立ち上がらせる。

「や……やだ……やめて……やめて……」

小泉が怯えた声で許しを請う。いつも凜としている瞳が焦点を狂わせ、色を失った唇が震えている。

「や……嫌だぁ……っ！」

反射的に逃げようとする小泉の細い腰を掴み、自分の下に引き戻すと、いつものように甘く愛撫することもなく、ゼリーで滑りだけをよくした蕾を指で開くと、無理矢理に挿入した。

「……っ！」

小泉が声にならない悲鳴を上げる。小柄な小泉を押さえつけることは、芳賀にとって苦にならない。体格と体力の差がありすぎるからだ。片手で軽々と抵抗しようとする両手をまとめて押さえ、もう片方の手で蕾を広げて、深く自分を押し入れる。

「嫌だぁ……っ！」

小泉が絶叫する。二人の攻防に、ベッドが軋みを立てる。嫌がる小泉に構わず、芳賀はただ自分の欲望だけを果たすために、激しく腰を揺すっている。

「……中は……ちゃんと悦んでるじゃないか……」

滴るような毒を含んだ芳賀の冷たい声。

「悦んで……きゅうきゅう締めつけてくる……最高の身体だな……」

腕を縛めていたセーターとシャツを剝ぎ取って、ベッドの外に放り出し、芳賀は小泉を裸にした。痛々しいほどほっそりとした白い身体が、芳賀の下で虚しい抵抗を続けている。

「こんなこと……何で……っ！」

ぐいぐいと奥を突かれて、痛みと快感の狭間にさまよいながら、小泉が切なく叫ぶ。

「何で……っ！　やだ……っ、痛……い……っ！」

つんと突き出した乳首を抓られて、悲鳴を上げる。

恋人同士の愛し合うセックスではなかった。これはレイプだ。小泉は絶望に苛まれる。

「痛い……っ！　や……あ……ああ……っ！」

幾度も幾度も、激しく突き上げられて、小泉は悲痛な声を上げる。

彼とのセックスは、いつも優しかった。小泉にあたたかさと心地よさをあげたいと言って、彼はいつも優しく愛してくれた。

「ああ……っ！」

「……俺は気持ちいいよ……」

それなのに、彼の聞いたこともないほど冷たい声。

「おまえの身体、最高だよ……。嫌だって言ってるくせに、俺に合わせて、腰振ってるじゃねぇか……」

「いやぁ……っ！」

片手で軽々とお尻を持ち上げられて、真上から深々と犯される。

あざが残りそうなほどきつくお尻を揉みしだき、一方的に、彼は小泉の身体を貪る。

「ああ……すごく……いい……。すげぇ、気持ちいい……」

彼の刻むリズムが速くなってくる。彼のフィニッシュが近いのだ。

「やめて……やめて……っ！」

小泉は叫び声を上げる。

こんな状態で、彼を受け止めることはできない。このまま、最後までされてしまったら……自分は彼を憎んでしまう。

少年の自分を汚した男たちを憎んだように。

「やめて……ぇ……っ！」

叫びすぎて、すでに声はほとんど出ない。それでも、小泉は叫び声を上げる。

「……っ！」

ふいに彼の体温が消えた。太股の内側に熱い体液が放たれる。

ベッドが一瞬揺れて、ドアの開く音。そして、バタンと閉じる音。

小泉は身を縮めて、できるだけ身を縮めて、幾度も浅く息をした。

小泉の中に吐き出さなかったのが、たぶん、彼の最後のプライドであり、思いやりだったのかもしれない。

それでも。

涙も出ないほど、小泉は絶望していた。

ACT 5.

手術部の掲示板には、毎日三枚の予定表が貼り出される。午前の部、午後の部、そして、一日を通した長時間の手術予定の三枚だ。

「あれ？」

その前に立って、今日の予定を見ていた志築が声を上げた。

「どうしたんですか？」

後ろを通りかかったのは、院長の田巻だった。内科医である田巻は、あまり手術部で姿は見ないのだが、今日は何かの用で来たらしい。

「いえ、心臓外科で異変が」

志築は、一日手術の予定表をトントンと指で示した。

「仲良しコンビ、コンビ解消のようです」

「はい？」

田巻が表を覗き込んだ。

「……変更ですか」

志築が示したのは、心臓外科が担当する冠動脈バイパス手術の予定だった。執刀医は芳賀(はが)で、助手の小泉(こいずみ)の名前に横線が引かれ、今年の一月に赴任してきた心臓外科医、塚本真樹(つかもとまさき)の名前が書いてある。

「直前の変更はめずらしいですね」

至誠会(しせいかい)外科病院は、常に手術の予定がぎっしりであるため、変更はよほどのことがない限り、行われない。一つを変更すると、その後が将棋倒しになるからだ。その中での、しかも直前の変更である。

「小泉先生、体調でも崩されたでしょうか」

「いや、さっき医局で会いましたよ」

志築は手にしていたマスクをつけながら言った。

「今日は一日放射線科だって言ってました。でも、これ見ると、直前で塚本先生と交代したみたいですね。まぁ、塚本先生はオールラウンダーだから、問題ないと思いますけど」

塚本は、芳賀や小泉よりも少し年上で、おっとりと落ち着いた雰囲気の医師だ。国立大学の医局に所属していたのだが、教授が替わり、医局内の勢力地図が塗り替えられてしまったので、辞めたのだという。間々ある話である。小泉も同じようなパターンだ。

「おはようございます」

そこに通りかかったのは、話題の主である塚本だった。

「どうかなさいましたか？」

彼は立ち止まると、穏やかな口調で言った。

「いえ、これがね」

志築が答える。

「気になったもので」

「え？」

志築の視線の先を見て、塚本はああと頷いた。

「昨日の夕方、小泉先生に代わってくれと頼まれたんですよ。一応、執刀の芳賀先生に確認したんですけど、私で構わないということなので、前立ちを代わりました」

「小泉が？」

志築が眉をひそめる。

「代わってくれって？」

「ええ。何か体調がよくないので、長時間の手術は厳しいということらしいです。華奢な方ですからね」

塚本が微笑んだ。

「ご自分の執刀なら、多少無理もされるでしょうが、前立ちなら、そこまで無理をする必要もないでしょうし。私は今日、放射線科で一日カテ仕事の予定だったので、かえってありがたいくらいです。目が悪いので、カテ仕事、結構つらいんですよ」

「じゃあ、手洗いなので」と、塚本は去っていった。志築と田巻は、顔を見合わせる。

「えーと」

志築は首を傾げた。

「俺が見る限り、小泉先生はいつも通りのご様子に見えたんですが」

「まぁ、気丈な方ですから」

田巻はいつものようにおっとりと言った。

「それでは、志築先生」

「はいはい。せっせと働きまーす」

田巻に軽く頭を下げて、志築は手術室に入っていった。

小泉は、放射線科の一番奥にあるカテーテル検査室にいた。ここでは、血管造影の他、カテーテルを使った治療であるＰＣＩ（経皮的冠動脈形成術＝カテーテル・インターベンション）なども行われる。

「小泉先生、お疲れ様です」

放射線科のナースが声をかけてきた。

「セット、見ていただけますか？　塚本先生のセットをご用意していたので、急遽組み直したんですけど、落ちがあるといけないので」

「はい」

小泉は立ち上がると、手術部の中にある材料室が用意したカテーテルのセットを確認した。カテーテルやガイドワイヤーは、使用する医師によって、好みのメーカーや形、太さがあり、至誠会外科病院では、医師のやりやすいようにセットを組んでくれる。病院によっては、メーカーが決まっていたり、在庫をあまり持たないようにしているために選択肢がなかったりもするのだが、ここはあくまで患者優先という立場を取るため、最高の治療効果を上げられるように、さまざまな器材が用意されている。

「……間違いありませんね。このままで」

「ありがとうございます」

小泉はふっとため息をついた。

芳賀とは、一昨日から話していない。同じ医局にいるので、顔は合うのだが、お互い目をそらしてしまう。

芳賀の部屋で、彼に力尽くで犯された。あれは愛の行為ではない。ただの暴力だ。

乱暴なセックスの後、体力をすべて取られてしまった小泉は、起き上がることもできずに、芳賀に汚されたままで、気を失うようにして眠ってしまった。

朝になって目を覚ますと、身体(からだ)はきれいに拭き清められ、大きなパジャマを着せられていた。ナイトテーブルには、サンドイッチとポットに入ったコーヒー、きちんとたたまれた着替えが置いてあり、芳賀はもう出勤したのか、兄の水本(みずもと)の部屋にでも泊まったのか、その姿はすでになかった。

あの日以来、彼とは一言も話していないし、何の連絡もない。

今日は、芳賀の執刀する冠動脈バイパス手術の前立ちに入る予定だったが、どうしても、彼と長時間の手術をする方向に、自分の気持ちを持っていくことができなかった。医師として情けないことだとは思ったが、手術に集中する自信がないまま、手術室に入ることはできない。悩んだ末、同僚である塚本に頼んで、交代してもらった。穏やかで懐の深い塚本は、何も理由を聞かずに、長時間の手術の前立ちを引き受けてくれた。芳賀も何も聞いてこなかったから、その方が都合がよかったのだろう。

〝このまま、終わるんだな……〟

やはり、夢だったのだ。

ずっと自分の殻に閉じこもり続けていた小泉を理解できる他人なんか、存在するはずがないのだ。彼もあの男たちと同じだった。小泉の性別も年齢も不詳の美貌と、少年のようにほっそりとした身体に魅せられていただけなのだ。

〝やっぱり……帰ろう……〟

小泉はいったん検査室を出ると、羽織っていた白衣を脱いで、スクラブ姿になり、帽子とマスク、Ｘ線用のプロテクターをつけた。プロテクターは、これでもずいぶん軽くなったというのだが、やはり小柄な身体にはずしりとくる代物だ。肩で持たせると腕が動かなくなってしまうので、ウエストのベルトをきっちりと締めて、ブラウジングし、肩に負担がかからないようにする。

「お願いします」

検査室にもう一度入り、ナースからガウンを着せてもらう。もちろん、プロテクターの上からだ。

〝……帰ろう……〟

「少し明かりを落としてください」

グローブをはめ、小泉はふっと息を吐く。ナースに渡されたシリンジに、局所麻酔薬を吸い上げる。今日のＰＣＩのカテーテルは、足の付け根にある大腿（だいたい）動脈から入れる。局所麻酔をして、メスで小切開を加え、シースを入れる。そこからガイドワイヤーを送り込んで、冠動脈に達し、カテーテルを挿入していく。

本来、ＰＣＩは内科的な治療となるのだが、至誠会外科病院の場合、内科の入院を取っていないので、手術適応で転院してきても、開胸手術の適応にならず、ＰＣＩを選択した場合、前医や他院に回さず、心臓外科で対応することになっている。アンギオ（血管造影）と手技的にまったく同じなので、心臓外科医が行うことに問題はない。ステントの留置にテクニックがいるが、小泉は東興学院大医学部の心臓外科ユニットに入った時、アンギオをみっちりと仕込まれ、その時に、当時まだ外科医だった田巻に、ステント留置のテクニックを教えられた。昔取ったなんとやらで、その時の勉強が役に立っている。

「……始めます」

頭の中と身体は、まったく別に動いている。一度身体に刻みつけたテクニックは、そう簡単に忘れるものではなく、ほとんど無意識のうちに、身体は動く。

そう。

一度身体に刻みつけられたものは、そう簡単に消えるものではないのだ。

〝この仕事が終わったら……〟

小泉は一つの決心をしていた。

「メスを」

この仕事が終わったら。

「退職……？」

田巻は院長室にいた。

「小泉先生？」

一日の仕事を終えると、小泉は田巻に会見の約束を取りつけ、院長室を訪れた。

「……それでは、あくまで当院のルールを守ることはできないので、退職されると……そういう解釈でよろしいのでしょうか？」

「いいえ」

小泉は軽く首を横に振った。

「父が帰国しています」

「小泉くんが？」

田巻と小泉の父は、同じ医局に所属していたことがある。亡くなった冬木（ふゆき）と田巻、小泉の父は、専攻も同じだったため、親友といってもいいつき合いだったらしい。

「近々、先生にもご挨拶をしたいと言っていましたが」

「そうですか」

田巻は頷いた。

「それで？　小泉先生が退職されることと、小泉くんが帰国していることが何か関係があるのですか？」

田巻はどこまでも穏やかだ。デスクから立ち上がると、小泉をソファに招いた。

「どうぞおかけになってください」

小泉は軽く頭を下げてから、ソファに移った田巻の向かいに浅く腰を下ろし、背筋を伸ばした。

「……ドイツに行くことになりました」

小泉は端的に言った。

「父の勤務するハンブルク大学に留学します。母も一緒に行きますので……向こうに永住することになるかもしれません」

「それは……」

田巻が一瞬言いよどんだ。

「また……急なお話ですね」

小泉は無言のまま頷いた。しばらくの間、二人は黙ったまま向かい合っていた。お互いに言葉を探して、幾度か口を開きかけ、また黙る。

「……芳賀先生にはお話しされましたか？」

やがて、田巻が静かな口調で言った。小泉は軽く首を横に振る。

「いえ。彼には、退職が決まってから話そうと思っています。塚本先生も来てくださいましたし、僕が抜けても、芳賀先生の仕事にはさほど影響はないと思いますので」

塚本は、小泉と専門が被（かぶ）っている。彼はオールラウンダーだが、本来の専門は、小泉と同じ弁置換だ。小泉ほどの天才的と称されるテクニックの持ち主ではないが、堅実な仕事をする。患者やスタッフへの当たりも柔らかく、まずまず順調に仕事をこなしている。

「……過小評価なのか、現実逃避なのか……」

低くつぶやいてから、田巻は顔を上げて、小泉を真っ直ぐに見た。

「小泉先生、あなたは本当にドイツに留学されたいのですか？」

「田巻先生……」

「今さら、回りくどい言い方をしても仕方ありませんので」

そう前置きして、田巻は話し始めた。

「私が、あなたに病院近くに住むよう指示したのは、あなたにここに骨を埋める覚悟をしてほしかったからです。できたら、賃貸ではなく、分譲のマンションでも買っていただければ幸いと思っていました」

いつも穏やかで静かな田巻の口調が、妙に歯切れよく、てきぱきとしている。もしかしたら、こちらが彼の本当の姿なのかもしれないと、小泉はぼんやり思っていた。何せ、切れ者の外科医だった人だ。今の穏やかな物腰は、内科医として、また難しい舵取りを要求される激務の病院の院長として身につけたものなのかもしれない。そういえば、小泉が研修医だった頃の田巻は、物静かな人柄ではあったが、もっと鋭い感じの医師だったなと思い出す。

「いずれ、あなたには心臓外科のトップを任せたいと考えていました。そして、芳賀先生を常勤医に迎える。それで、この病院の心臓外科は盤石になる。私はそう計算して、あなたと芳賀先生に来ていただいたんです。あなたには、それだけのネームバリューと実力がある。冬木くんが手塩にかけて育て上げた『メスを握る天使』の名は伊達ではないと思っています」

「田巻先生……」

「あなたはもっと自分に自信を持つべきです。あなたは唯一無二の存在です。忘れましたか？　あなた自身が佐々木先生に言い放った言葉を。あなたは自分の力を佐々木先生に見せつけて言ったのですよ。『ご納得いただけましたか』と」

東興学院大医学部教授で、小泉の師匠だった冬木亡き後、外様で教授職に就いた佐々木が手術を見に来た時、小泉はそう言い放ったのだ。

「あなたの言葉は、言外のものを含んでいた。患者を大きく減らした佐々木先生率いる東興学院大医学部付属病院から、この至誠会外科病院に患者が流れる理由を『納得』したかと言ったと、私は理解しています。あなたは、すでにこの至誠会外科病院心臓外科の顔であり、至誠会外科病院のシンボル的な存在になっています。あなたがいるから、ここを受診する。そんな患者さんが増え、あなたがいるから、ここで勤務したい……そんなスタッフも増えています。塚本先生も、そのお一人です」

「塚本先生が……？」

「あの方は、あなたより年上ですが、彗星のごとく現れ、冬木くんに代わって、数々の公開手術をしてきたあなたのテクニックに魅了されたそうです。ぜひ、あなたの優れた技量を盗みたいと、ここに来てくださいました。いいですか？　小泉先生。あなたは、すでにこの病院を背負って立っている人です。ここにいなければならない人なんです」

小泉はゆるゆると首を横に振った。

「僕はそれほどのものではありません。父にも、もっと勉強しなければならないと言われました。自分の仕事量もコントロールできない……そんな状況ではだめだと。もっと勉強して、心臓外科医として極めなければならないと」

「小泉先生」

田巻は前に乗り出した。

「あなたは医師です。ここには、あなたを必要としている患者がたくさんいます。これからもたくさん現れるでしょう。そのすべてを、あなたは残していけるのですか？　あなたはすでに、あなた一人のものではないのです。あなたの肩には、たくさんの人の命がかかっている。そのことを自覚してください」

命を一つでも多く助けなければならないと思い詰めて生きてきた。

人の命を奪ってしまった……自分をレイプした男を刺し殺してしまった……そう思い込

んできた十七年間、小泉はただ、その贖罪のために駆け抜けてきた。

しかし、それが仕組まれた勘違いであり、自分が殺人者ではなかったと知った今、小泉の中で何かが崩れたのは確かだった。

これから、僕はどうすればいい。どう生きていけばいい。命を削るようにして、人の生に執着し続けてきた日々。その重荷から解放された今、小泉は立ちすくんでしまっている。

何が正しいのかわからない。このまま流されるように、手術室でメスを握り続けることが正しいのか。それとも、一度すべてをリセットして、新しい自分として生きていくのが正しいのか。

「……少し考えさせてください」

小泉はようやく言った。

「田巻先生の僕に対する評価は大変にありがたいと思います。ですが、両親の意向も聞いてみなければなりません。ドイツに移住することを真剣に考えて、家を用意したり、母は仕事もやめる方向で調整しています」

「……わかりました」

田巻が頷いた。

「私の考えていることは伝わったと思います。あなたが良い判断をしてくれることを祈ります」

「どうしたのかな」

手術部の更衣室で、ぼんやりとソファに座っていた芳賀は、ぺしんと後ろから頭をはたかれて、ぼーっと顔を上げた。

「何だ……麻酔の先生か……」

「おや、いつになく覇気のないお答えだ。疲れたの？」

志築は手にしていた冷たい缶コーヒーを芳賀の頬に押しつけた。

「冷てぇ……っ」

「手術の腕はいつも通りだけど、何だか、目が死んでるよ」

志築は芳賀の手術に麻酔で入っていた。一番若い麻酔科医である志築は、長時間の手術を担当することが多い。

「小泉とけんかでもしたのかな？」

「……何で、そこに詩音(しおん)の名前が出てくるよ」

缶コーヒーを開けて、芳賀はぐっと一口飲む。

「別に。今日の前立ちが急に変更になっていたからさ。小泉、生まれたての子猫みたいに芳賀先生に懐いてたから、その小泉が体調も悪くないのに、芳賀先生の前立ちを拒否るなんて、けんかでもしたのかなって」

「……ほっとけ」

芳賀は自己嫌悪の海にどっぷりと沈み込んでいた。

小泉をレイプまがいに抱いてしまった。彼が芳賀よりも両親を選ぼうとしたことが、がまんならなかった。

〝俺、最低だ……〟

小泉が両親に固執することが、芳賀には理解できない。なぜ、小泉は両親に隷属しようとするのか。芳賀から見れば、小泉の両親は彼を翻弄しているだけのような気がする。二十年も別に暮らしていたのに、息子がいろいろな鎖から解き放たれて、羽ばたこうとした瞬間に、その羽をもぎ取ろうとする。ようやく生えそろった羽をむしって、自分の翼の下に抱え込もうとする。

そして、小泉の心がそちらに引き寄せられているのも理解しがたかった。抗（あらが）おうとするなら、まだわかる。しかし、小泉は日々洗脳されているかのように、両親の羽の下に戻ろうとしている。

〝何でだよ……っ〟

その苛立（いらだ）ちが、あの最悪の夜に繋（つな）がってしまった。

レイプのトラウマからまだ脱しきってはいない小泉を無理矢理に抱くことが、どれほど最低な行為か。それを自分はわかっていたはずだったのに。

翌日、病院で小泉を見た時、芳賀はその場にへたり込みそうになるくらいほっとした。あのまま、彼が病院を辞めてしまったらどうしよう。……命を絶ってしまったらどうしよう。不安で胸が押しつぶされそうになっていた。しかし、彼が目覚める場にいることは、とてもできなかった。彼が目覚めて、芳賀を見て、またあのパニックを起こしたら。恐ろしい自傷行為に及び、あの悪夢の日々に戻ってしまったら。すべてが怖くなって、芳賀は逃げ出してしまったのだ。

〝俺、やっぱり最低だ……〟

「芳賀先生」

志築が妙に優しい猫なで声で言った。

「先生にとって、凄く嫌ぁな予言、してあげよっか」

「しなくていい」

間髪いれずに、芳賀は遮ったのだが、それで志築が黙るはずがない。何せ、背中にへそのある男なのだ。

「小泉、ここ辞めるかもよ」

「え」

反射的に振り返ってしまった。志築は、芳賀の後ろでにゃぁっと笑っている。

「僕の後輩が、まだ東興にいるんだけど、総師長が退職願を出したんだってさ」

「総師長って……」

「小泉のお母さん。『聖母』だよ」

志築はくるりとソファを回ってくると、芳賀の隣にすとんと座った。

「何でも、小泉教授のいるドイツに行くらしい。退職願出したってことは、完全に本気。たぶん、今住んでいる家も処分するだろうね。大学病院の目の前だし。さて、小泉はどうするかな」

「どうするって……子供じゃないんだから、一人暮らしくらい……」

「子供だよ」

志築はさらりと言い返す。

「あのご両親にとっては、いくら小泉が年をとろうが、医者として認められようが関係ない。彼らの可愛い可愛い詩音くんでしかない。小泉は、彼らにとっては永遠の赤ちゃんなんだよ」

芳賀は何か恐ろしいものを見たような顔をしていた。

「……それって、軽いホラーだよな……」

「軽くないよ。立派にホラー。だから言ったじゃない。小泉家は家族として歪んでるんだって」

そこに軽いノックが聞こえた。

「どうぞ」

志築が答えるとドアが開いて、白い小さな顔が覗いた。消化器外科医の谷澤だ。

「終わったの？　葵」

「はい。これから、術後説明がありますけど」

谷澤は、芳賀に軽く会釈してから、志築に答えた。

「術後管理は？」

「前立ちだった松川先生がしてくださるそうです」

「じゃあ、車で待ってる。シャワー浴びておいで」

「はい」

ドアが閉じた。

相変わらず、関係性のわからない二人だ。言葉だけ取り出せば、志築は優しいことを言っているのだが、いかんせん、目つきと声音が怖すぎる。明らかに命令しているのだ。

「……志築先生と谷澤先生って、どういうご関係？」

「うーん」

めずらしく、志築が考え込んだ。

「強いて言うなら」

くっと志築が笑った。

「SMかな」


小泉が重い足を引きずって帰ったのは、午後九時を回った頃だった。

「詩音」

両親はリビングにいたらしく、小泉がそっと家に入り、二階の自室に上がろうとしたところで、母の声がした。

「着替えたら、リビングにいらっしゃい」

「……はい、母さん」

父が帰国して、もうすぐ一週間になる。休暇は二週間と聞いている。そろそろいろいろなことをきちんと決めなければならない時期に来ていた。

部屋で着替えてから、小泉はリビングに降りていった。ドアを開けると、ちょうど母が紅茶を用意したところだった。

「おかえりなさい、詩音」

母がにっこりした。この頃、母は機嫌がいい。もちろん、父がいるからだ。いつも、優しい笑顔を絶やさない人だが、父が帰国してからは、本当に嬉しそうに微笑んでいる。彼女の視線の先には、いつも父がいる。

「……ただいま」

並んで座る両親の向かい側に、小泉は座る。いつものポジションだ。

「さっき、田巻くんから電話があったよ」

母のいれた紅茶は、父の好きなアールグレイ。いい香りがする。

「君を退職させて、ドイツに連れていくと聞いたが、本当かと問い合わせてきた。だから、本当だと言っておいたよ」

「田巻先生が……」

「田巻くんは、何とか翻意してもらえないかと言っていたが、もう決めたことだと答えたよ。向こうに家も用意したし、母さんももう退職を決めている。君の大学での席も用意してある。来月……三月には、ハンブルクに来られるようにしておきなさい。いいね、詩音」

そういえば、父の口調はいつもこんな風だったなと、小泉は思い出していた。

優しく穏やかなのだが、抗うことを許さない。自分が絶対的に正しいと思っている人の口調だ。実際、父の言葉が間違っていたことはほとんどない。小泉優という人間は、いつもいろいろなことを考え、隅々まで検討し尽くしてから、口に出す。彼が何かを口に出した時点で、それは彼の中で確定事項であり、最良の選択なのだ。

「……田巻先生は、僕は至誠会外科病院の顔になりつつあると言ってくださいました」

小泉はぽつりと言った。

「僕の肩には、多くの患者の命やスタッフの期待が乗っているとも言ってくださいました」

「ああ、そう言っていたね」

父は淡々と応じる。

「田巻くんはそう言うしかないと思うよ。彼は、あの病院の院長だ。至誠会外科病院の激務ぶりは、私も知っている。あそこから逃げ出す医師がいることもね」

「父さん……」

父はいつもと変わらない静かで理知的な眼差しで、小泉を見ていた。

「外科系は常に人手不足だからね。外科に完全に特化したあの病院の人員を揃えるのに、彼は常に頭を痛めているはずだ。詩音に辞めてほしくはないと思うよ。君は、冬木くんが育てた最後の心臓外科医だからね。その腕前は推して知るべしだ。君を逃がしたくはない。何とでも言うと思うよ」

「あなた」

母が、父の腕に軽く触れる。

「言葉が過ぎましてよ。田巻先生に失礼です」

「そんなつもりはないよ」

父はさらりと言う。すました顔で紅茶を飲み、いい香りだねと微笑む。

「私が言いたいのはね、田巻くんは医師であると同時に、経営者の側でもあるということだ。彼の言葉は額面通りに受け取ってはいけない。医者というものはね、詩音」

「はい」

「褒められて舞い上がってはならない。患者の身体は千差万別で、二つと同じものはない。常に同じ手技で、同じ結果が得られるとは限らない。だから、常に自分をコントロールして、冷静でいなければならない。そのために必要なものは何か、わかるかい？」

小泉は少し考えて、軽く首を横に振った。

「……いいえ」

「余裕だよ」

父は一言で言い切る。

「体力も知力もだ。常に余裕を持たなければならない。いつも、体力と知力をぎりぎりまで使っていたら、いつかはオーバーヒートを起こす。燃え尽き……と言われるものだね」

「はい……」

「田巻くんの病院では、その余裕が持てない。実際、君は週の半分は帰宅できなかったり、日付を跨いだりしているね。そんな仕事の仕方では、いずれ重大なミスを犯すか、仕事自体を続けられない状態になる。私は、大切な息子である君に後悔してほしくないんだよ」

「……田巻先生からは、病院の近くに住むようにと……そうご指示を受けていました」

小泉は、田巻に感謝している。冬木亡き後、大学で干され、どうにもならなくなっていた自分を、田巻は引き受けてくれた。あの時、父は冬木の葬儀や墓参りにも帰国できないほど忙しく、母も父に負担をかけてはいけないと言い……そう、手を差し伸べてくれたのは、田巻だけだった。

「父さん、少し時間をください。せめて……僕の後任が決まるまで、日本にいさせてください」

「それはできないよ、詩音」

父はぴしゃりと言った。

「時間をかけて、ようやく、君と母さんと三人で暮らせる環境を整えたんだよ。来月にはハンブルクに来なさい。いいね」

父は絶対に譲らない人だ。彼が多忙だったというのも、もしかしたら、この環境を整えるためだったのかもしれない。冬木の死からそろそろ一年。その時が来たのかもしれない。

「……はい、父さん」

小泉は小さく頷いた。

完敗だ。偉大すぎる父に、小泉は抵抗するすべを持たない。

自分は決していい息子ではなかった。あの恐ろしい事件以来、対人トラブルを繰り返し、母は何度も学校に呼び出された。それでも、両親は一度も小泉を叱ったり、問い詰めたりしなかった。そんな両親に、小泉は守られてきたと感じている。今自分が生きていられるのは、この両親のおかげだと思ってしまう。

裏切れない。

絶対に裏切れない。

十七年前に、彼らを裏切ってしまったから。もう二度と。

小泉は肩を落とした。大きく息を吐いて、そして、小さな……子供のような声で言った。

「……明日、田巻先生にお話しします」

「そうなさい」

母が優しく言った。

「あなたに一人暮らしなんてさせられないわ」

ソファから立ち上がり、リビングのドアに向かった小泉は、母のつぶやきを聞いた。

「また、あなたを一人にしたら、取り返しのつかないことに……」

小泉は反射的に振り向いていた。

振り向いて、両親の顔を見た。

はっとして、口元を押さえる母。その母を見つめて、首を横に振る父。

〝……まさか……〟

頭の中で、いろいろなことが一度に回り始めた。

突然変わってしまった息子を問い詰めもせず、そのまま受け入れた両親。

大学のすぐ目の前にあるこの家を買ったのはいつだ。小泉が大学に入学した年ではなかったか。スクールバスが出ていた東興の高等部を卒業した年だ。東興学院では、高等部までスクールバスが出ていて、小泉が大学入学まで住んでいた家から、そのバス停までは徒歩五分だった。大学部は、幼稚部から高等部まであるキャンパスとは離れている。大学に入ったら、電車で通学するはずだったが、なぜか突然引っ越しをすることになって、この大学の目の前の家に住むことになった。

大学に入学して、すぐに冬木に引き合わされた。父以上に父らしく、小泉を導いてくれた師は、どれほど大切な学会であっても、決して渡米しない小泉を、一度も叱責しなかった。

学会に付きものの飲み会や夜の食事に応じない小泉……夜にホテルから出ることを拒否

する小泉を、彼は一度も責めず、その理由を聞くこともなかった。

研修医時代も、他の研修医のように遠くに飛ばされたことは一度もない。すべて自宅から通える範囲で、普通なら許されない自家用車での通勤が、許可される病院ばかりだった。

「……まさか……」

小泉は、すうっと意識が落ちていくのを感じた。そして、次の瞬間、全身がかっと熱くなる。

「知って……っ」

守られていたのだ。

自分は本当に守られていたのだ。

すべてを知っている大人たちに。

「知っていたんだ……」

彼らはすべてを。

十五歳の小泉が抱えていた秘密を。

「……詩音……っ！」

母の悲鳴のような声を背中に、小泉は思い切りドアを閉めると、そのまま闇の中に飛び込んでいったのだった。

ACT 6.

長時間の執刀の後には、つい酒が過ぎてしまう。

「あ、ビールなくなった」

この前の休みに箱買いした缶ビールは、あっという間になくなってしまった。

「あーあ……つまみもなくなったし」

兄のところからもらってきたエビパンもフリットも食べてしまったし。芳賀(はが)はふうっとため息をつくと、シャワーを浴びるために立ち上がった。

「ん？」

バスルームに向かおうとした時、インターホンが鳴った。この音は、エントランスの扉を開くためのものではなく、部屋のドアについているものだ。

「兄貴か？」

キッチンにあるインターホンのディスプレイを覗(のぞ)くと、そこには信じられないものが映っていた。

「……詩音……っ」

外は雨が降っている。今日は夜になってから、雨が降り始めた。かなり激しく。

ドアの外に立っている小泉は、髪も肩もずぶ濡れで、顔色は紙のように白い。彼は車で移動する。それなのに、これだけ濡れているということは、きっとマンションの駐車場から傘も差さずに、のろのろと歩いてきたのだろう。

芳賀は慌ててドアに駆け寄った。

「詩音……っ！」

ドアガードを外して、ドアを開ける。

「どうしたんだよ、詩音……っ」

ディスプレイで見たよりも、小泉は濡れそぼっていた。

〝雨？　いや、それだけじゃない……〟

「……ごめん」

か細い声がした。

いつもの凜とした声ではなかった。頼りなくかすれ、震えていた。

「自分の部屋に行ったんだけど……寒くて」

「当たり前だろ」

芳賀は小泉の華奢な身体を自分の腕の中に抱き取った。

「冷たい身体だ……。どんだけ雨の中にいたんだよ……」

コートすら着ていない。二月の雨の夜に。シャツにカーディガン、チノパンという着の身着のままだ。

「とりあえず、風呂に入ってあったまった方がいい」

芳賀は小泉のびしょ濡れのカーディガンを脱がせた。ずしりと感じるほど雨を含んだそれに、芳賀は小泉の心の傷を感じる。

〝いったい、何があったんだ……〟

「……シャワー浴びながら、バスタブにお湯を溜めて、あたたまっておいで」

芳賀は冷え切った小泉の身体をそっと抱きしめてから、バスルームに連れていった。

「あたたまるまで出てきちゃだめだからな。あったかいスープでも用意しておくから、ゆっくりして」

「……ごめん」

「謝らなくていい」

芳賀は少し苦い声で言った。

「謝らなきゃならないのは……俺の方だ」

芳賀の用意してくれた着替えは、華奢な小泉には大きかった。それでも、乾いた衣類はあたたかさを感じさせる。服を着てバスルームを出ると、小泉は明かりのついているキッチンに入っていった。

「あたたまったか？」

「いい匂い……」

小泉は、芳賀の手元を覗き込んだ。

「スープ？」

「ああ。兄貴に作ってもらった。トマトとエビのポタージュだ」

エビの風味の効いた真っ赤なスープに生クリームを加えて、ゆっくりとあたためていく。芳賀はとろりとしたスープの味を塩胡椒で調えると、火を止めた。

「スープカップ、出しておいたから取って」

「あ、うん……」

テーブルに置いてあった白いスープカップを渡すと、芳賀はいい匂いのするスープをたっぷりと注いでくれた。

「座って」

ダイニングの椅子を引き、小泉を座らせて、芳賀はスープを置き、スプーンを持たせてくれる。

「……ありがとう」

そっとスプーンですくい、一口口に入れる。

「美味しい……」

香ばしいエビと甘いトマト。とろりとした甘みはたぶん米だ。滑らかなスープはすうっと喉を通って、冷え切ったお腹をあたためた。

「すごく……美味しい」

「そっか」

芳賀はコーヒーをいれながら、振り向いた。

「ゆっくり食べろよ」

小泉はこくりと頷いた。

「ごめん……こんな時間に」

キッチンにある時計は午後十一時だ。芳賀はマグカップにコーヒーをいれると、小泉の向かいに座った。

「時間なんかいいけど。……何かあった？」

芳賀はいつも通りの口調で言った。しかし、その視線はどこか落ち着かない。小泉はしばらく無言のまま、スープを食べ、芳賀はコーヒーを飲む。

ピンが落ちても聞こえそうなほど静かな夜。外はまだ雨が降っているようだ。そろそろみぞれになるかもしれない。ひどく寒い夜だ。

今は二月。真冬だ。いくら東京でも、深夜は冷え込む。

二人はただ向かい合っていた。小泉はスープを食べ、芳賀はコーヒーを飲む。

言葉を探す。彼にかける言葉を探す。彼を傷つけない言葉を。

「……コーヒー飲む？」

スープがだいぶ少なくなったところで、芳賀は言った。

「ミルク入れようか？」

「……ううん、いい」

小泉はスープを食べ終え、ふうっとため息をついた。

「ごちそうさま。美味しかった」

「そっか。よかった」

二人はしばらくそのまま向かい合っていた。白いクロスに小さく飛んだ薄赤いスープのしみを、小泉はじっと見つめる。

「……ソファに行っていい？」

小泉が言った。

「ちょっと……休みたい」

「あ、ああ……いいよ」

さすがにベッドにとは言えなかった。

ふかふかのソファは、小泉のお気に入りだ。身体を埋めて、深呼吸のような大きなため息をつく。

「芳賀……先生」

小泉は傍に立ったままの芳賀を見上げた。

「……ここに……来てくれる？」

自分の横に手のひらを触れる。

黒目がちの大きな目が芳賀を見上げている。涙の名残のある潤んだ瞳が、芳賀を見つめる。芳賀は一瞬視線を絡ませてから、手を伸ばした。軽く小泉の髪を撫でてから、その横に座った。いつもなら、すぐに肩を抱き寄せ、頬にキスをするところだが、今日は肩を触れ合わせるだけだ。

「……何があった？」

本来であれば、小泉は芳賀の元には来ないはずだ。過去のトラウマを刺激するような行動を取った芳賀を、小泉は許せないはずだった。しかし、小泉は来た。来るしかなかった。ここにしか、小泉の求める慰めはなかった。心の中で荒れ狂うものを吐き出す場所は、ここしかなかったのだ。

「……両親は知っていた」

小泉は絞り出すように言った。

「両親は……何もかもを知っていたんだ」

「え……」

芳賀ははっとしたように、小泉を見た。

「詩音……っ」

次の瞬間、小泉が両手を伸ばしてきた。

「詩音……っ！」

「両親だけじゃない……冬木先生も……知っていた。たぶん、両親が話したんだ……っ」

芳賀に強くしがみついて、小泉は声を振り絞る。

「知られていた……っ。僕が……僕が……レイプされたことを……っ。みんな……知られていた……っ」

十五歳の小泉を襲った恐ろしい事件。父の学会出席に同行したニューヨークで、当時十五歳の小泉は、現地の男たちにレイプされていた。

思春期の少年だった小泉のプライドは、同性によるレイプでずたずたにされた。抵抗することもできず、されるがままに幾度も犯されて、小泉の精神は崩壊ぎりぎりまで追い詰められた。殺される。このまま殺されてしまう。限界まで達した恐怖の中で、小泉は反撃し、相手を殺したと思い込んだ。

そのまま十七年が経ち、小泉は壊れかけた心を抱えたまま、レイプされたこと……抵抗することもできずに男たちに犯されたことは、絶対に誰にも知られたくない……ただそのプライドだけで、走り続けてきたのだ。

「僕が……どんな目に遭ったか……何をされたのか……」

小泉の大きな目から、涙があふれ出す。

「父も母も……知っていた……。冬木先生にまで話して……先生も、僕がレイプ事件の被害者であることを知っていた……っ」

「詩音……」

「僕は……何のために、十七年間も苦しんだんだろう……。両親の前では、子供時代の顔を装って……無理して笑って……。馬鹿みたいだ……」

芳賀はぎゅっと強く小泉を抱きしめた。

「僕が……あんな目に遭ったことを知ったら……きっと両親は苦しむと思ったから……自分たちがいない間に、僕があんな目に遭ったことを知ったら……悲しむと……罪悪感から立ち直れないかもしれないと思ったから……僕は……っ」

「詩音……泣いていいから……」

彼はいつになったら許されるのだろう。

美しい容姿とずば抜けた才能と……すべてを持った天使を、神はどこまで翻弄するのだろう。

「泣いて……いいから」

震える背中を抱きしめて、芳賀は愛(いと)しい体温を感じる。

大丈夫。

君はちゃんと生きている。

「……行成(ゆきなり)」

微(かす)かな声で小泉がささやいた。

「……抱きしめて……」

「え……？」

「もっと……強く抱きしめて……っ」

溺れる者がすがるように、小泉は芳賀に強くしがみつく。

「もう……何も信じられない……。このままじゃ、僕は何も信じられなくなる……っ」

冷たい涙が芳賀の肩を濡らす。

「信じさせてよ……っ！　行成は……行成だけは、僕を好きなんだって……愛してるんだって、信じさせてよ……っ！」

「詩音……」

大きな瞳からぼろぼろと涙がこぼれ落ちている。

「でも、詩音……」

「お願いだから……信じさせてよ……」

聞いたこともないほど弱々しい声。

それだけ、小泉は傷ついているのだ。何かにすがらなければ立っていられないほど、深く傷ついているのだ。

「僕を……僕を傷つけるだけの存在だって……君のことを思いたくない。君だけは……僕を愛してくれている……そう……信じたい……」

「詩音……」

愛しい身体を抱きしめる。あんなにひどいことをしてしまったのに、彼はそれでも、自分を信じたいと言ってくれる。信じさせてくれと訴えかける。

彼の世界にただ一人、彼だけを愛する存在でありたい。

「ごめん、詩音……愛してるよ……」

冷たい唇にキスをする。そっと触れると、彼の方から求めてくる。深く唇を重ね、もどかしげに激しく舌を絡ませてくる。芳賀の手を摑み止めると、彼は素肌に着ていたシャツの中に導いた。柔らかく冷たい素肌に、小さな乳首だけがぷくりと膨らみ、芳賀の指を待っている。キスを繰り返しながら、ソファに彼を横たわらせた。

「……愛してるから……」

二人を隔てる衣服がもどかしくて、性急に脱ぎ捨てる。素肌で抱き合うと、お互いにため息が洩れた。

「……ごめん……」

ぴったりと素肌を重ね合わせて、芳賀は恋人の瞼に優しくキスをした。

「……謝ることなんて……何もない」

愛しい背中に腕を回し、しなやかな指先で繰り返し撫でながら、小泉が答える。

「……最初に君を……裏切りそうになったのは……僕だから……」

「詩音……」

滑らかな太股の内側を長い指で、そっと撫で上げていく。恥じらう蕾に軽く触れると、ひくりと細い腰が揺れた。

「……優しくしたいけど」

恋人の甘い素肌に触れて、冷静でいられる男は男じゃないと思う。獣になるつもりはないが、早く一つになりたい。恋人と一つに溶けて、夢の階段を駆け上がりたい。

「……できないかも」

「……いいよ……」

芳賀の唇に自分からキスをして、小泉が震える瞼を閉じる。

「……行成なら……いい」

言葉にする……愛していると言葉にすることは、とてもたやすいのに、とても難しい。言葉にすればたった六文字なのに、それを口にすることは何て難しいのだろう。それが口にできなくて、思いだけが先走って、恋人を傷つけてしまう。だから、言葉にしなければならない。きちんと……愛を伝えなければならない。

「ごめん……愛してる……」

「うん……」

頷いた恋人の額にキスをすると、芳賀は彼の身体を優しく開いた。

「……ん……っ」

唇を深いキスで塞ぎながら、逸る身体を抑えて、ゆっくりと……できるだけゆっくりと一つになる。

「……ん……う……ん……っ」

絡みついてくる甘い熱。頭の芯が白く痺れるほどの快感に包まれる。

「あ……ん……っ！」

きゅんとしなる華奢な身体。ふわりと熱を帯びる素肌。

あの夜……後悔に苛まれたつらい夜の記憶が端から塗り替えられていく感覚。お互いの身体が愛しくて、離したくない。離れたくない。

「……あ……ああ……ん……っ！」

甘い声。甘い息づかい。とろける唇。熱を帯びた空気がふるりと震える。

「詩音……っ」

芳賀の汗がぽたりひとしずく、小泉の胸に落ちる。

「……っ！」

ぎりぎりまで張りつめた糸がその刺激で切れたかのように、二人は動きを止め、そして、一つになったまま、夜の中に崩れ落ちた。


「ココア、飲むだろ」

日付を跨ぐ頃になって、ようやく小泉は落ち着いたようだった。身体の震えも止まり、頬の涙も乾いたようだ。

「……ありがとう」

あたたかいカップを受け取って、小泉は甘いココアを一口すすった。

「……美味しい」

「味がわかるのはいいことだ」

コーヒーをいれ直して、芳賀は小泉の隣に戻った。ごく自然に、小泉が寄り添ってきて、芳賀の肩に寄りかかった。芳賀はそっと肩を抱き寄せて、軽く髪にキスをする。

「少し、話できる？」

芳賀に尋ねられて、小泉は頷いた。

「ごめん。驚いたよね……」

「まぁ……ちょっとは」

芳賀は少しだけ笑った。

このソファで激しく愛し合った。これまでにないくらい甘く激しく愛し合い、そして、二人はここにいる。詩音は、寄り添い合って。

「なぁ、詩音。詩音は、自分の……ことが、本当にご両親に知られていないと思っていたのか？」

ゆっくりと考え、ココアを半分ほども飲んでから、小泉はこくりと頷いた。

「……少なくとも、十七年間一緒に暮らしてきた母から、僕の過去を知っている素振りは一切感じられなかった」

「でもさ」

芳賀が少し言いにくそうに言った。

「詩音のご両親は、医療関係者だろ？　初対面の俺だって、詩音が……レイプされたってわかったんだ。少なくとも、ナースであるお母さんにはわかったんじゃないのかな」

「………」

まだ未熟な身体を、大柄な外国人の男二人に蹂躙された。犯された部分は大きな裂創になり、数日間出血が止まらなかった。その身体で歩けば、凄まじい痛みに見舞われた。その歩き方の不自然さで、芳賀は小泉がレイプの被害者であることに気づいたのだ。

それに下着はすぐ血まみれになり、小泉はそれをこっそりと処分していた。母がそれに気づかなかったことがあるだろうか？　洗濯だって、母がしてくれていたのだ。下着を洗濯に出さなくなれば、気づいただろう。

「……可能性はある」

小泉は頷いた。

「でも……どうして、そのことを僕に黙っていたんだ？　どうして……僕に言わずに、父に……言ったんだ？」

「俺は、詩音のご両親を直接は知らないから、これは推測になるけど」

芳賀は慎重に言う。

「二人が夫婦だから……じゃないのかなぁ」

「夫婦だから？」

「これは、志築先生情報からの推測だけどさ。詩音のご両親って……カップルとして、完璧に組み上がってるだろ？　お互いが運命の相手っていうか、一心同体っていうか」

芳賀の言葉に、小泉は妙に納得する。

確かに、小泉の両親の関係性は特殊だ。小泉はずっとあの両親を見てきたので、それが当たり前だったのだが、長ずるに従って、自分の親たちがかなり特殊な部類なのだと気づいた。愛し合っている夫婦は多いと思うが、あそこまでお互いを尊敬し合い、尊重し合い、お互いを唯一無二の存在としている夫婦は、そういないだろう。

「だから、詩音のお母さんは、詩音のことをお父さんに話した。詩音に内緒にしておくとか、そういうことじゃなくて、詩音のお母さんにとって、それが一番自然な形なんだよ。大切な詩音のことは、まずお父さんに相談する。ほとんど無意識の行動だったと思う」

そして、二人は口をつぐむことを決めた。何事もなかったように過ごすことを選んだ。何事もなかったように、一人でトラウマと闘う詩音をそっと見守ることを選んだのだ。

「……大学に入ってからの僕の監視役は、母から冬木先生に代わったわけか……」

「大学生……特に医学部の学生や研修医は、大学外に出ることが多い。実習とか研修だな。そうなると、もうお母さんの手でコントロールすることは不可能だ。だから、冬木先生を味方につけた。詩音が……少しでも、生きていきやすいように」

冬木はすべてを知らされていたのだろう。

小泉を守るために。小泉の中に巣くう悪魔を起こしてしまわないように。慎重に、小泉は見守られていた。悪夢を再現してしまわないように。その条件が揃（そろ）ってしまわないように、渡米は回避され、夜の街への外出は極力させない。

冬木は忠実に、小泉を守ってくれた。

「田巻先生は……」

ふと、小泉は言った。

「田巻先生も、父とは親しいけど……」

「たぶん、今の段階では知らされていなかっただろうな。でも、もしも、冬木先生の退官の後、詩音が教授になれなくて、大学を出なければならなくなったとしたら、詩音は因果を含められた田巻先生のもとに送られた可能性が高い」

心の底から冷え込むような感覚。しっかりと固まった足元だと思って立っていたところが、凍った湖で、その氷に一気にひびが入ったような恐怖が、小泉を包んでいた。

「怖い……」

思わず、小泉はつぶやいていた。

「何もかもが怖い……。誰が知っている？　僕の過去を……誰がどこまで知っている……？　僕は今、誰に監視されているんだ……？」

「詩音」

芳賀はまた震え出した小泉を抱きしめた。

「詩音、大丈夫。大丈夫だから……」

〝俺も……詩音を傷つけた一人だ……〟

愛していると言っておきながら、芳賀は小泉を傷つけてしまった。あのレイプまがいの夜がなければ、これほど小泉は精神的に追い詰められなかったのではないだろうか。

それでも、小泉はここに来てくれた。芳賀の手を求めてくれた。彼を傷つけてしまったのに、それでも、ここに来てくれたのだ。

〝ごめん、詩音。俺……ものすごく嬉しいんだ……〟

泣きたいくらいに嬉しかった。小泉が自分を最後のよりどころとしてくれたことが、本当に泣いてしまうくらいに嬉しかった。

「詩音……詩音に見せたいものがある」

「え……？」

小泉が顔を上げた。

「ちょっとだけ待っていられる？」

そっと頬にキスをする。小泉はこくりと頷いた。

「すぐだから」

もう一度、愛しい身体をぎゅっと抱きしめてから、芳賀は立ち上がった。

ノートパソコンのディスプレイの中で、メスがきらりと光っている。

手元のアップ。グローブに包まれた繊細な手が、意外なほど強い力でメスを引き、患者の胸に皮切を加える。細い指が皮切の中に入り、剣状突起の裏を丁寧に剝離していく。

『胸骨切痕上の組織を切開し、靱帯（じんたい）を切離する。その際……』

スピーカーから聞こえるのは、凜と澄んだ声。

「これ……」

書斎から芳賀が持ってきたのは、愛用のノートパソコンだった。素早く立ち上げ、デスクトップにあるファイルを開く。いくつかクリックして、突然流れ出したのが、この手術動画だったのだ。

「これ、僕の公開手術……」

「一番最初のやつ。アーカイブ探しまくって、やっと見つけた」

芳賀は次の動画を再生する。

『体外循環離脱は、心内操作が終了し、壁を閉鎖した後、ルートカニューレからあたためた心筋保護液を注入する。圧を下げて……』

今よりももっと若い小泉の横顔。手術中でマスクをつけているので、目の部分しか見えないが、冴え冴え（さざ）とした黒い瞳は、間違いなく小泉のものだ。

「これが最初に見つけた、詩音の手術動画。これ、結構有名な動画だよな。オフポンプ手術の基礎編として、研修医の教育に使われてる」

「そうなんだ……知らなかった」

小泉はびっくりした顔で、動画を見ている。自分の手術を外から見るのはどんな気分なのだろう。

「こっちはちょっとレア。めずらしく冬木先生が執刀してる。詩音は第一助手だけど、解説してるのは、なぜか執刀医の冬木先生じゃなくて、助手の詩音。本当に冬木先生って、人前でしゃべるの嫌いだったんだな」

『遮断鉗子(かんし)は柄の部分が浮きやすい。ここに力がかかると、大動脈の損傷を……』

小泉の声は聞きやすい。少し高めなのだが、通りがよく、滑舌がいいためだ。

「……よく探したね。僕だって、動画のデータ、どこに置いてあるかわからないのに」

ファイルを見て、小泉は驚いた。小泉が行った公開手術の動画がすべてそこにあった。それだけではない。小泉が発表した論文、講演の記録、学会発表の抄録……小泉の医師としての道程がすべて記録されていた。

「どうして……」

「俺、詩音を探したんだ。ずっと……探してたんだ」

芳賀は「こうやって見ると、単なるストーカーだな」と笑った。

「ヒントは二つ。日本人の有名な心臓外科医の息子。たぶん、俺と年は近い。でも、いくら有名といっても、家族のデータなんて簡単に手に入らない。とりあえず、医学部に進む勉強をしながら、何人か心臓外科の権威に当たりをつけて、ネットの上で追っかけた」

「本当にストーカーだ」

小泉はくすりと小さく笑った。

「詩音のところって、お父さんとお母さん、年が離れてるだろ?」

「そうだね。干支(えと)で言うと一回りかな。同じ干支だから」

小泉の両親は十二歳違いだ。父は結婚が遅かったのである。

「だから、詩音の年のわりに、お父さんの年がいっている。最初はそこに気がつかなくて、小泉教授を射程に入れていなかった。そのことに気づいたのは、大学の六年生の時かな。たまたまテレビで小泉教授を見て、奥さんがすごく若いという話を振られていて、ああ、それもありかと思った」

芳賀は、次々にファイルを開けていく。

「あ、これだ。これがその動画」

どこから見つけ出してきたのか、小泉の父が一度だけテレビの取材を受けた時の動画だった。パソコンのディスプレイの中で、父が話をしているのが不思議だった。

『もうずいぶん長くドイツにいます。日本にはあまり帰れませんので、こうして、日本語で話すのも久しぶりな気がしますね』

父の口調は、小泉に話す時とまったく同じだった。敬語で話している点が違うだけで、口調も声の感じも、家で話す時とまったく変わらない。常に理想の自分を頭に置いて、己をコントロールする。それが小泉優なのである。

『家族は日本にいます。妻は現役のナースとして働いております』

『奥様、ずいぶんお若いとうかがいましたが』

インタビュアーが冗談めかして尋ねるのに、父は口元だけで笑った。

『そうですね。結婚したのは、私が三十六、妻が二十四の時ですから』

「このインタビューを見て、俺は小泉教授のことを調べた」

芳賀はもうひとつファイルを開く。

「で、これを見つけた。俺が十七歳の夏に、ニューヨークであった国際心臓外科学会の抄録だよ」

実際の抄録をスキャナで取り込んで、ＰＤＦ化したものらしく、画質はあまりよくないが、そこにある父の名前ははっきりと読み取れた。

「……この学会で、小泉教授は功労者として表彰されている。俺がアメリカで夏を過ごした十七歳の時。ニューヨーク。学会のレセプション。すべてが繋がった」

芳賀と小泉は二歳違いだ。芳賀が十七歳なら、小泉は十五歳である。

「それから、小泉という名の若い心臓外科医が出てくるのを待った。もちろん、小泉教授にもチェックを入れ続けた。これはちょっとした賭けだった」

「賭け？」

「そう。小泉教授の息子が、心臓外科医になるとは限らない。もしも、他科の医者になったり、医者以外の職に就いたら、俺の探し方では見つからない。俺は詩音を探し当てられない。でも、この探し方をするしかなかった。俺も心臓外科医になって、ろくに寝られないような生活が始まっていた。ターゲットを絞って、探すしかなかったんだ」

小泉は一つのファイルを開けた。

「これ……僕が初めて学会発表した時の……」

「ああ。ファースト・オーサーだったから、すぐに見つけられた」

小泉が冬木教授の心臓外科ユニットの所属となったのは、初期研修を終えた二十六歳の時だ。小泉は初期研修を東興学院大医学部付属病院で受けており、実際には、冬木の傘下に入ったのはもっと早い。心臓外科に行くことはすでに決めていたので、初期研修は法律上の要件を満たすために行ったに過ぎないのだが、やはり、心臓外科ユニットに正式に所属しないと、学会発表もできない。この発表をしたのは、心臓外科ユニットに入って二年目だった。

「これ見つけた時、何かさ……俺、泣きそうになった」

芳賀は懐かしそうに、ディスプレイを見ている。

「ああ……生きていてくれたんだ。ちゃんと……生きていてくれたんだって」

抄録には、発表中の写真がついていた。写りはよくないが、間違いなく小泉だと確認できる。

「名前がこれでわかった。小泉詩音。何てきれいな名前だろうって思った。で、それから、俺はネットストーカーになって、詩音の名前で検索しまくった」

芳賀は嬉しそうに笑っている。

「公開手術を初めて見た時は、すげぇ興奮した。普通なら後期研修している年なのに、がんがん執刀してて、そのレベルがものすごい。天才って本当にいるんだと思った」

小泉は芳賀が集めた自分の記録を半ば呆然と見つめていた。

「……凄い執念だ……」

「そりゃね。一目惚れだから」

芳賀はさらっと言う。

「俺の運命の相手は、絶対に詩音だって思った。詩音を初めて見た時、おまえの周りだけスポットライトが当たってるみたいに、きらきら輝いて見えた。何か……夢見てるみたいだった……」

「……寝ぼけてたんじゃないの」

小泉は素っ気なく言ったが、耳たぶが桜色になっている。照れているのだ。

「あ、これこれ……っ」

いくつも開いていたタブをすべて閉じると、芳賀は一つのファイルを開いた。ディスプレイ上に開いているのは、そのファイルだけである。

「……これ、詩音に一番見せたかったやつ」

「え？」

小泉は怪訝な顔で、芳賀を見る。芳賀はにこにこしているだけだ。

「いいから。読んで。偶然見つけたんだけど」

「うん……」

それは手紙の体裁を取った文章だった。

『メスを握る天使と呼ばれる先生へ』。

小泉ははっとして、顔を上げた。思わず、芳賀を見る。芳賀はゆっくりと頷いた。

「読んで」

小泉は少しためらいながら、再びディスプレイに視線を戻した。

『大好きな祖母が心臓を悪くして、入院して、手術することになりました。すごく心配で、不安で、祖母よりも私が泣いてしまいそうでした。手術は心臓を止めて、心臓の中にある弁を人工のものに取り替えるのだと聞きました。心臓を止めて大丈夫なの？　本当に大丈夫なの？　そう繰り返し尋ねる私に、祖母は言いました。天使みたいにきれいな先生が手術してくれるから大丈夫だよと』

個人のブログのようなものらしい。書いているのは、壁紙などの可愛らしさから、若い女性のようだ。

『私が祖母に付き添っている時に、手術をしてくださる先生が回診にお見えになりました。本当に若くて、きれいで、真面目な先生でした。あまりに若くて、大丈夫なのかなと言った私に、祖母は「あの先生は、とても真剣におばあちゃんを診てくれる。祈りを込めるように、おばあちゃんを診てくださっている。おばあちゃんをとても大切にしてくださっている。あの先生になら、おばあちゃんは任せられるのよ」と言いました』

素直な文章に、祖母を思う孫娘の気持ちが溢れていた。

『手術は四時間かかりました。病室で待っていられなくて、私とパパは手術室の近くにいました。空がとても高くて、きれいに晴れた日でした。窓から外を見ると、桜が満開であることに気づきました。ああ、そうだ。今年はお花見にも行けなかったなぁとつぶやく私に、パパが「来年はおばあちゃんも一緒に行けるよ」と言いました』

ブログの日付は、二年前だった。

『その時、手術が終わりましたと、看護師さんが呼びに来てくれました。手術室に入ると、あのきれいな主治医の先生が待っていてくださって、手術の説明をしてくださいました。説明は難しくて、よくわからなかったけど、先生が手術の成功にすごく自信を持っていることは、わかりました。先生は、パパが何を聞いても、すぐにさっと答えてくれたからです。パパが何度も何度も「大丈夫なのですか？」と聞きました。先生は何度でも答えてくれました。「問題はありません。患者さんは必ず治ります」と』

　小泉は言葉が足りないタイプだ。芳賀のように、うまく患者家族を安心させることはできない。しかし、その足りない言葉でも、通じることはあったようだ。

『おばあちゃんは、あんなに苦しんで、日常生活にも困っていたのに、手術した後は、あんなに大変だったことが嘘のように元気になりました。お花見にも、来年は行けそうです。退院する時、あのきれいな若い先生が見送りに来てくださいました。何もおっしゃっていなかったけど、深く頭を下げて、私たちを見送ってくださいました。家に帰った後、あの先生が「メスを握る天使」というあだ名を持っている先生だと、偶然に知りました。ああ、ぴったりだなぁと少し笑ってしまいました。本当に、先生は天使のように、私たち家族を幸せに導いてくれました。今もおばあちゃんはとても元気で、庭の薔薇の手入れをしています。天使のような先生、本当にありがとうございました。私は先生に心から感謝しています』

「ネットの海を泳いでると、こんな手記をいくつも見つけた。詩音の名前が少し変わっているから、覚えている患者も多かったし、何せ、天使みたいな美人だからな。みんな印象に残っているんだろう。名指しで、こんな風に手記を書いている人が多かった」

　芳賀が隣から手を伸ばして、そっと画面を閉じた。

「……これが詩音のやってきたことだ。これが詩音の足跡だ。なぁ、この道をもっともっと、この先まで歩いていきたいとは思わないか？」

小泉は黙ってうつむいていた。しかし、その手は芳賀の手を探し、ぎゅっと強く握りしめる。

「詩音が誰も信じられないと叫んでも、俺は信じているし、こんな風に、たくさんの患者が、詩音の手を待っていて、詩音のことを信じている。俺は詩音と一緒に、この道をどこまでも歩いていきたい。詩音はそう思ってはくれないのか？」

「信じて……いる……」

小泉がわずかにかすれた声で言った。

「本当に……僕は信じてもいいのか？　僕が必要とされていると……」

「これを読んでも、まだ信じられないか？　信じられないなら、もっともっと見せてやるぞ？　おまえに感謝している患者は数え切れないくらいいる。俺が……今まで、詩音に嘘をついたことがあったか？」

そうだった。芳賀が小泉に嘘をついたことは、今まで一度もなかった。

彼はいつも、澄んだ瞳で小泉を見つめていてくれた。小泉の重い過去を最初から知っていて、それでも目をそらさずにいてくれたのだ。

「……ありがとう」

小泉は、芳賀の手を握る指にぎゅっと力を込める。

「本当に……ありがとう。僕を……見つけてくれて」

見失いかけていた自分を、彼はいつも探してくれていて、そして、見つけてくれた。

「あのさ……」

芳賀が少し困ったような顔をしている。

「……もう一度、抱きしめても……いいかな」

「え……？」

「ええっと……今さらなんだけど、抱きしめてもいい？」

小泉はしばらく芳賀を見つめていたが、ふっと笑った。まるで花びらがこぼれるように。

「……本当に今さらだね」

そして、小泉は両手を伸ばした。愛しい恋人の身体を思い切り抱きしめる。

「……おかえり」

芳賀が甘くささやく。

「おかえり……俺の大事な詩音」

ACT 7.

小泉(こいずみ)は早足で、ナースステーションに入った。

深夜の病棟は、明かりも落とされ、とても静かだ。

「あ、小泉先生、お疲れ様ですっ」

「お疲れ様です。患者さんは？」

「だいぶ落ち着いてきたんですけど、まだ不整ですね……」

手術患(オペかん)の急変の知らせで、小泉は呼び出されていた。普段着のハイネックのセーターとチノパンの上から、いつも着ている白衣を羽織っている姿だ。

「とりあえず、患者さんを診ます」

ポケットに突っ込んできたステートをひょいと首にかけて、小泉はナースステーションに隣接しているICUに入る。深夜でも、ICUにはうっすらと明かりが灯(とも)り、レスピレーターの規則的な音が聞こえている。

「加藤さん」

ナースがそっと患者に声をかけた。

「先生、来てくださいましたよ」

年配の男性患者だった。うっすらと目を開ける。小泉の姿を認めると、患者はほっとした表情を浮かべた。

「……胸の音を聞かせていただきます」

小泉はそう言って、ステートのチップを耳に入れた。

今日、小泉の父はドイツに戻る予定だった。

「……あれから、ご両親とは話したのか？」

診療の合間、最上階の職員食堂で食事を摂り(と)ながら、芳賀(はが)が言った。今日のメニューは肉うどんだ。たっぷりとのった柔らかい豚肉を満足そうに食べている。

「いや」

小泉はいつもの和定食である。今日のメインのおかずは、鰯(いわし)の梅煮だ。ふっくら柔らかく煮えた、味の染みた鰯は骨まで食べられる。

「電話は何度もかかってきているし、メールも入っているが」

「……話くらいした方がいいんじゃないのか？」

小泉は、家を飛び出した日から一度も帰宅していなかった。そのまま、すでに借りてあったマンションで生活を始めたのだ。一応、数日泊まれるくらいの衣類は用意してあったし、家具や日用品は、ある程度、オーナーである水本が揃えてくれていた。

「話すことはないから」

小泉は素っ気なく言った。

「僕を守るためにドイツに来いと言うなら、僕は別に守ってほしくなどない。父の今までの言葉がすべて詭弁だとわかってしまった今となっては、もうドイツに行く必要はないし、両親と話す必要もない」

「詭弁？」

定食の副菜は、切り干し大根とにんじんの煮物だ。これも味が染みていて美味しい。

「医師としての次のステップに進むためだとか、僕の評価がドイツでも高いとか」

「いや、それは詭弁じゃないと思うけど……」

洗脳が解けた状態になった小泉は、その反動なのか、両親との関わりを一切絶ちたいと思っていた。そうでないと、またあの優しい束縛の中に搦め捕られてしまいそうで、怖いという気持ちがあるのだ。小泉の両親は外面が恐ろしくいい。まず物理的に距離を置かないと、周囲を巻き込んでも、小泉を自分の手の中に引き戻しかねない。社会的な信用は、彼らの方が絶対的に上なのだ。

「詭弁だよ。十七年間、肉親からずっと騙されていた僕の気持ちがわかるか？　もう、両親の言うことは一切信じないよ」

良くも悪くも、小泉は一途である。一途とは、頑固ということでもある。芳賀は小さくため息をつくと、うどんと一緒に買ってきたお稲荷さんを口に放り込んだ。ここのお稲荷さんは二つセットで売っている。甘めに煮付けた油揚げがどこか懐かしい味わいである。

「……まぁ、少し離れてみるのもいいと思うよ。親ってさ、離れてみると、意外に大したことなかったりするから」

「そういえば、君のご両親は……お母さんはERの医者だって言ってたな」

「そうだよ。女傑だね、あれは」

芳賀は肩をすくめた。

「彼女の九割は仕事でできている。彼女から仕事を取ったら、何が残るんだろうな」

「お父さんは？　今、アメリカにいるんだっけ？」

芳賀は軽く頷いただけで、家族の話を続けない。

「このお稲荷さん、美味しいよ。一個食べる？」

「いや、いらないけど……」

小泉が首を横に振った時だった。テーブルに置いていたＰＨＳが震え始めた。

「はい、小泉です。……え？」

小泉が大きく目を見開いた。仕事の時は、あまり大きく表情を動かさない彼としては、めずらしい。芳賀はもぐもぐと二つ目のお稲荷さんを食べながら、小泉を見ている。

「……え、ええ、そうですが。……間違いないんですか？　……わかりました。とりあえず、行きます。……はい、受け入れてください。どちらにしても、診なければならないでしょうから。……はい、お願いします」

小泉が通話を切った。しばし、信じられないものを見たかのように、大きく目を見開いた形でフリーズしている。

「……詩音（しおん）？」

芳賀は、小泉の前でさっさっと手を振った。

「どうした？　大丈夫か？」

「あ、ああ……ごめん」

小泉ははっと我に返る。

「……救急搬送が来る」

「転院？」

「いや、救急隊からの受け入れ要請だ」

「そりゃ、めずらしい」

至誠会（しせいかい）外科病院は、基本的に三次救急に対応している。高度な外科処置を専門としているためだ。ごくまれに、近隣で、受け入れ病院が見つからない場合に一次救急を受け入れる場合もあるが、基本的には重篤な患者に対してのみ、対応している。

「一次救急だろ？　近くなのか？」

「あ、ああ……近いことは近いが……」

まだ、小泉はぼうっとしている。

「……どうしたよ。詩音に受け入れの電話が来たってことは、心臓か？」

「たぶん、ＡＭＩ（急性心筋梗塞）だと思う……」

芳賀は目をぱちぱちと瞬いた。

「それなら、俺じゃん」

芳賀は、心筋梗塞に対しての治療であるバイパス手術の専門家だ。

「じゃ、俺も行くよ。救急室に入るんだろ？」

小泉は無言のまま、座り込んでいる。芳賀は、その顔を心配そうに覗き込んだ。

「詩音？　どした？」

「……父なんだ」

「え？」

小泉は呆然としたまま、先に立ち上がった芳賀を見上げた。

「救急搬送されてくるのは……僕の父なんだ」

「救急車は……っ」

芳賀は小泉の腕を取って、半ば引きずるようにして、救急室に入った。

「今、到着したところです」

振り向いたのは、院長の田巻（たまき）だった。

「……小泉先生、大丈夫ですか？」

田巻に心配そうに問われ、小泉は大きく息を吸った。ゆっくりと吐き出しながら、自分の腕を掴（つか）んでいる芳賀の手をそっと外す。顔を上げた時には、いつもの冴え冴え（さえざえ）とした目が戻ってきていた。

「……申し訳ありませんでした。大丈夫です」

そして、運び込まれていたストレッチャーに向かう。

「……父さん……」

ストレッチャーに横たわり、胸の痛みに苦しそうに顔を歪（ゆが）めているのは、間違いなく父だった。その傍（そば）に立っているのは母だ。救急車に同乗してきたのだろう。

「芳賀先生、診察をお願いしていいですか。僕は……聞き取りをしますので」

すでにモニターは取りつけられていた。

「ST上昇か……。アンギオ（血管造影）室、すぐ準備して」

芳賀がステートをつけて、診察を始めた。

「点滴繋いで。ソリタT1で。とりあえず、ルート入れるから……」

芳賀はてきぱきと指示を出し、診察を進めていく。芳賀は心筋梗塞治療のスペシャリストだ。任せた方がいいと、小泉は立ち尽くす母に振り返った。

「……話を聞かせてもらえますか」

「詩音……」

母は目を真っ赤にしていた。いつも美しく、気丈な母が初めて見せる涙だった。

「詩音……ごめんなさい……」

「謝ることはありません」

小泉は電子カルテを立ち上げていた。とりあえず、名前と生年月日だけの仮のカルテだ。

「ここは病院です。体調を崩して、受診するのは当たり前のことです」

「お父さまが……どうしても、詩音に診てほしいって……。だから、田巻先生にお願いして……」

「母さん」

小泉は冷静な口調で言った。

「父さんは、いつ、どんな状況で、どんな症状を訴えられましたか？　それと既往症を」

「詩音……」

「今は」

小泉は真っ直ぐに、やつれた母を見つめた。

「父さんを助ける……父さんをこちらに引き戻すことに全力を注ぎましょう」


「……ＰＣＩ後の再狭窄か」

アンギオの結果が、読影した放射線科医から戻ってきていた。

「ハンブルクで、去年の秋にＰＣＩを受けたそうだ」

小泉は軽くこめかみを叩くような仕草を見せながら言った。

「……知らなかった」

「お母さんは？」

芳賀に尋ねられて、小泉は深いため息をついた。

「……父も一応落ち着いたので、入院の支度をしに家に帰った」

「お母さん、一人で帰したのか？」

少し驚いたように芳賀が言うのに、小泉は淡々とした口調で答える。

「子供じゃない。一人で帰れるだろう。念のために、タクシーで帰したし」

「……そっか。タクシーなら大丈夫かな」

小泉の父は、ハンブルクで狭心症の発作を起こし、カテーテルでの治療を受けていた。今回、その治療した部分が再狭窄を起こし、狭窄から閉塞に移行して、心筋梗塞を引き起こしたのだ。父はハンブルクに戻るために空港に向かっていた。母が運転する車で成田に向かう途中、父は強い胸部痛を訴え、既往から心筋梗塞を疑った母は車を止めて、すぐに救急車を呼んだのだ。

「しかし、よくここに運んでもらえたな。うち、基本的に三次だろ？」

「……父がここに運んでほしいと言ったので、母が田巻先生に連絡して、受け入れを頼んだのだと言っていた」

小泉は何とも複雑な表情を浮かべる。裏取引じみたやり方には、正直腹が立つ。救急要請の場合、基本的に収容医療機関の選定は、救急隊に任せられる。普段かかりつけにしている医療機関があり、そこを指名しても、状況によっては、必ずしも受け入れてもらえるとは限らないからだ。特に、至誠会外科病院は三次救急を診るのがメインで、一次救急はよほどのことがない限り、診ない。そこを院長と知り合いなのを盾にごり押ししたのは、許せない。医療関係者として、絶対にやってはいけないことだ。

「それで？」

小泉は軽く頭を振るような仕草をしてから、芳賀を見た。

「CABGの適応だな?」

「ああ」

芳賀は心電図や血液検査の数値をチェックしながら言った。

「再度PCIというのは、意味がない。体力的にも問題なさそうだし、早めに手術した方がいい」

「行成」

小泉はそっと手を伸ばした。芳賀の手に手を重ねて、軽くきゅっと掴む。

ここは医局内のカンファレンス室だ。確かに二人きりではあるが、いつ誰が入ってきてもおかしくない。そんな場所で、小泉の方から芳賀にスキンシップを取ってくるのは初めてだった。

「詩音……」

「……僕は、行成に執刀してほしい。もしかしたら、両親は僕にやってほしいのかもしれないが、僕は……父に最高の治療を受けさせたい」

小泉は苦しそうに言う。

「こんなこと、医療関係者である僕が言ってはいけないことはわかっている。他の患者さんたちは、簡単に執刀医を選べない。君がNo.1だとわかっていても、必ずしも君に執刀してもらえるとは限らない」

小泉が芳賀に執刀を依頼するのは、ある意味の職権濫用だ。医者同士の裏取引のようなものである。

「それでも……僕は君に手術を任せたい。父を任せられるのは……君しかいない」

芳賀は手を伸ばして、小泉の頭の後ろに回すと、自分の胸に引き寄せた。ゆるやかに背中に腕を回して、自分の腕の中に包み込む。

「詩音にそこまで言ってもらえるのは、すげぇ嬉しいよ」

「……今でも、両親のやったことは許せない。きっと……これからも許せないと思う。それでも……それでも、僕を産み、育ててくれた人たちなんだ」

小泉が言う。

「うん……そうだな」

「切り捨てることができたら、どんなに楽だろうと思う。でも、そうするには、僕はあの人たちと長く一緒にいすぎた。どんなに振り切ろうとしても……子供の頃に笑い合って、可愛がられた記憶から逃れられない」

芳賀に優しく髪を撫でられながら、小泉は本当に苦しそうに吐き出す。

「……君から見たら、ものすごく情けなくて、子供っぽいやつだと思う。自分でも、惨めで仕方がない。でも……確かにあの人たちは、僕の親で……どうやっても、切り捨てることができないんだ……」

いつものように、芳賀は優しく小泉の髪に軽く唇を触れた。

「あのさ、誰かから深く愛された記憶ってのは、消えることがないんだよ。俺は……そういう記憶に乏しい人間だけど、でも、突然現れた俺を大切に可愛がってくれたばーちゃんのことは、絶対に忘れないし、何か嫌なこととかあった時も、ばーちゃんを思い出すと、何かほっこりするんだ。愛された記憶ってさ、きっと一生俺たちを守ってくれるんだと思う。ものすごくつらいことから」

芳賀の声は深く柔らかい響きで、小泉の心を潤してくれる。

「……俺を信じてくれてありがとう。詩音の期待に応えられるように……頑張るよ」

そして、小さな音を立てて、小泉の頰にキスをすると、両腕を開いて、小泉を自分の胸から軽く離した。

「さて、じゃあ、手術を算段してくるから、詩音は患者説明よろしくな」

小泉の父の手術は、午後六時に始まった。

「深夜までかかりますが」

手術室の様子を見ることのできるモニター室には、小泉の母史乃（ふみの）と田巻がいた。

「ご自宅か病室で待たれては？　病室にはソファベッドも入っていますので」

「いえ」

田巻の気遣いの言葉にも、史乃は首を横に振った。

「ここで。主人と息子を見ていたいと思いますので。ご迷惑でなければ」

「迷惑などということはありませんよ」

田巻は優しく言い、史乃に椅子を勧めた。

「長丁場になります。どうぞ」

「ありがとうございます」

さすがにベテランナースだ。落ち着いて、手術を見ている。

「息子が」

史乃が言った。

「執刀は芳賀先生にお願いしたいと言いました。自分よりも芳賀先生の方が専門だからと」

「ええ」

田巻が頷く。

「芳賀先生は、ＣＡＢＧのスペシャリストです。まだお若いのですが、あれは天性の才能でしょう。私も何度か手術を見せてもらいましたが、実に鮮やかなものです。私も心臓外科医の端くれでしたからね、詩音くん……小泉先生が彼を信頼して、メスを任せたのは正解だと思います」

患者である小泉教授は、すでに麻酔下にあり、執刀医である芳賀と第一助手の小泉はグラフトの採取に入っていた。胸骨を正中で切開し、芳賀は内胸動脈の採取、小泉は同時進行で橈骨動脈と大伏在静脈の採取を行っている。

「芳賀先生……お名前だけはうかがったことがありましたが、とても……誠実な先生ですね」

手術前に、執刀医である芳賀が改めて挨拶に来た。すらりと背が高く、彫りの深い顔立ちのハンサムな青年という第一印象だった。はきはきと歯切れよく、どんな質問にも丁寧に答えてくれた彼は、小泉が一番信頼している同僚だという。

「……詩音はとても……難しい子でした」

史乃がつぶやくように言った。

「我が子ながら……あんなにきれいな子はいないと思うくらいで……でも、美しい容姿に生まれついてしまったことで、しなくてもいい苦労をしたようです。頭がよくて、思いやりのある詩音は……私たちに気取られまいとして、いつも明るく振る舞っていましたが……学校生活の中では、ずいぶんと大変な思いをしていたようです」

「小泉先生は、とてもプライドの高い方です」

田巻が落ち着いた口調で言う。

「小泉先生の性格は、父である小泉くんによく似ていますよ。いつも、どこかにきっちりと線を引いて、自分を律して生きている。小泉先生がより頑な印象を与えるのは、恐らく、小泉先生にはまだ、あなたのような存在がいなかったからでしょう」

「私……ですか？」

「小泉くんは、あなたと出会って、ずいぶんと性格が変わりました。彼は一見人当たりはいいのですが、意外に人見知りで、なかなか心を開きません。私や冬木くんは鈍感といいますか……あまり深く考えずに、人と接することができましたが、小泉くんはなかなかそれができなかった。でも、彼はあなたと出会って変わりました」

史乃と小泉教授は、病棟ナースと医師として出会った。お互いに一目惚れに近い状態で、出会って半年後に婚約し、すぐに結婚した。

「今になって思うのですが、小泉くんは、いろいろな意味で、自分とレベルが合っていないと、長く深くつき合えないのだと思います。あなたと小泉くんは、まるで歯車が嚙み合うように、足りないところは補い合い、よいところは高め合うことができるのでしょう」

「でも……私たちは詩音とは……うまくいかなかった」

手術は粛々と続いている。芳賀と小泉は、ほとんど言葉を交わしていなかった。高性能のマイクで音を拾っているので、音声をオフにしなければ、手術室内の音はかなり聞こえるはずだ。それなのにほとんどと言っていいほど、聞こえてこない。二人はただ視線を交わすだけで、お互いの次の行動が読めるらしい。聞こえる声といえば、二人が器械出しのナースに、手術用の器具を要求する時のものくらいだ。

「あの子と私たちは、お互いに気を遣い合っていました。親子なのに……お互いの深いところに触れようとしてこなかった」

「親子だからこそ、難しかったのかもしれませんね」

田巻は労るように言う。史乃は微かに笑った。

「優しいんですね、相変わらず」

グラフトの採取は、二人とも鮮やかだ。CABGの成否は、グラフト採取にかかっていると言っても過言ではない。よいグラフトが適切に採取できなければ、いくらその後の吻合が上手くても、結果的に手術は成功しない。

『こっちはいいぞ』

芳賀のよく響く声がした。

『こちらもOKだ』

小泉が答える。声は細いが、滑舌がよく、ピンと通る。

『よし、心膜切開する』

芳賀の手技にためらいはない。一つ一つの動きが、確信に満ちている。そして、小泉も彼の視線やちょっとした指先の動きに敏感に反応して、完璧にサポートする。

「素晴らしいパートナーシップだと思いませんか？」

田巻が目を細めて、モニターを見つめる。

「まったく別の場所から、ここに来てくださったお二人ですが、ここで出会って、わずか半年ほどで、これほど息の合った素晴らしい手術を見せてくださる。プライベートでも仲がいいようで、小泉先生がオンコールに応じられない時は、いつも芳賀先生が来てくださっていました」

「……ええ、そう聞いています……」

「親子だから、すべてを理解し合わなければならないわけではありませんし、まだ出会って半年だから、わかり合えないわけじゃない。それが、縁とか運命というものなのかもしれませんね」

二人はしばし、手術の様子を見守る。

『吊り上げる。ポジショナー準備してくれ』

芳賀のよく響く声。大きな声ではない。彼は声のコントロールに長けている。緊急手術の最中なのに、まったく声を荒らげないまま、自分の指示は完璧に一発で通す。

『いいぞ』

小泉の声。グローブに包まれた細い指が、準備された心臓吊り上げ用のハート・ポジショナーをとらえた。素早く心尖部に取りつけて、慎重に吸着する。

『吊り上げ』

心臓がゆっくりと体内から引き出され、くるりと向きを変えた。ハート・ポジショナーは心臓の裏側を展開するためのものだ。

『志築先生、バイタルはどうかな？』

『不安定だったらとっくに言ってる。とっととやれよ』

田巻がくすりと笑う。

「相変わらずですね、志築先生は」

「志築くん……志築公くんですか？」

志築は小泉の幼なじみだ。史乃とも面識がある。

「懐かしい……。こんなところで、志築くんを見るなんて……」

史乃は優しい眼差しで、モニターを見つめる。

「……私の知らないところで、詩音を支えてくださっている方がたくさんいらしたのですね」

「ですから、申し上げました」

田巻は優しく言う。

「親子だから、何もかもを知っているわけではないと。小泉先生は……もう、小さな子供ではないのですから」

『ヘパリン投与』

手術は順調に進んでいく。

時計の針も静かに、静かに進んでいく。


手術部内の記録室で、史乃と芳賀は向かい合っていた。小泉は志築と共に、父に付き添っている。

「お待たせしました」

芳賀は軽く頭を下げた。

「お疲れはありませんか？」

「……優しいんですね」

史乃は微笑（ほほえ）んだ。

「お疲れなのは、先生の方では？」

「いえ、仕事ですので」

芳賀は爽やかに笑う。

「あ、申し訳ありません。仕事なんて言って……」

「いいえ。仕事ですわ。主人は先生の患者ですもの」

史乃はすっかり落ち着きを取り戻したようだった。

「田巻先生のご厚意で、手術を見せていただきました。私は、手術室勤務の経験はありませんけれど、先生が自信を持って、手術なさっているのはわかりました」

「自信は持っています。でも、それは詩音が……小泉先生がついていてくれたからです。彼が助手として、俺を支えていてくれるから……完璧に俺に併走してくれるからです。彼がいなければ……俺はこんなに自信を持って、あなたの前に立つことはできませんでした」

芳賀は、美しい小泉の母を見た。

「手術は成功したと言っていいと思います。アクシデントはまったくありませんでしたし、マイナスポイントは一つもありません。俺の経験上、ここまでスムーズに進んだ手術の予後が悪かったことはありません」

自信を持って告げる芳賀に、史乃は深く頭を下げる。

「……ありがとうございます、芳賀先生。あなたは……私の大切な夫と……息子を救ってくださいました」

「え？」

芳賀はきょとんと目を見開く。

「息子って……詩音のことですか?」

「詩音……名前で呼ぶほど仲良くしてくださっているんですね」

史乃は芳賀を愛おしそうに見つめる。

「あの子の名前を呼ぶのは、私たち夫婦だけだと思っていました。たぶん……一生」

「そんなことないですよ」

芳賀はびっくりしたように、不思議な色の目を大きく見開いた。

「詩音……小泉先生は、みんなに愛されてます。そりゃ、愛想はそんなによくないですけど、あんなにきれいだし、天才的な腕を持った外科医だし……。みんな、彼を見つめずにはいられないです。みんな……小泉先生のことが好きですよ」

そして、芳賀はスリープしていた電子カルテを起動した。

「すみません。遅い時間なのに、余計なおしゃべりをしてしまって。えーと、手術の内容とこれからについて、ご説明しますね」

時計は、深夜二時を回ろうとしていた。

麻酔下にある父は、いつもの父の顔ではなかった。

父はいつも自信に満ちた、穏やかな表情をしていた。どんな時でも、彼は穏やかな微笑みを絶やさない。そのせいか、実際の年齢よりも若々しく見えていた。

しかし、今の父は、顔の陰影がはっきりしているせいか、驚くほど年老いて見えた。

「小泉、着替えてきたら？」

モニターをチェックしながら、志築が言った。

「風邪ひくよ」

「おまえだって、同じじゃないか」

小泉はガウンとグローブを外しただけで、すぐ、この回復室に来ていた。

「俺はおまえたちみたいに汗かかないもん。途中で何度か抜けて、水分も摂ってるし。ほら、これ」

志築はいつの間に仕込んだのか、ポケットから小さめのペットボトルを取り出した。イオン飲料である。

「飲んどけ。汗だけかいて、水分補給しないと、干からびるぞ」

「……サンキュ」

「おーや、おまえからそんな言葉が出るとは」

志築がにやにやしている。

「芳賀先生の影響、恐るべしだな」

「何言って……」

「つき合ってんだろ？」

爆弾投下だ。小泉はびっくりして、志築を見つめた。

「んなでかい目で見るなよ。俺に穴が空く」

酸素量を調節しながら、志築は飄々(ひょうひょう)と言う。

「バレバレだよ。おまえにオンコールすりゃ、芳賀先生が来るし、芳賀先生からおまえ絡みの相談は受けるしさ」

「………」

何せ、相手は『毒蛇』だ。洞察力はバケモノ級である。

志築以外には、気づかれていないと思いたい。

「あ、葵(あおい)も知ってるからな」

「あ、葵って……」

「消化器外科の谷澤(やざわ)先生。あれ、鈍そうに見えるけど、見た目ほど馬鹿じゃないからさ」

おまえたちの関係こそ何なんだと言いたかったが、やぶ蛇になりそうな気がして、小泉は黙り込んだ。

父の瞼(まぶた)が微かに動いている。麻酔からの覚醒に入ったのだろう。手術を終え、無事覚醒に入れば、第一段階はクリアだ。

「お、覚醒したかなぁ」

志築が座っていた椅子から腰を上げた。

「小泉先生？　わかります？」

志築の声はよく通る。低音なのだが、通りがいい。結構な美声らしく、ナースの中には

「志築先生に罵倒されたい」などとマニアックなことを言うものもいるらしい。

「小泉先生」

志築に呼ばれて、父がうっすらと目を開いた。

「お疲れ様でした。手術終わりましたよ」

「ああ……」

聞いたことがないくらい弱々しい声だった。

「……ありがとう」

父の視線がふらふらとさまよった。小泉は黙ったまま、父が自分を見つけるのを待つ。

「詩音……」

父がようやく小泉を見つけた。

「……ありがとう、詩音……」

父が微笑む。

「ありがとう……」

「いえ」

小泉は自分を求める父の手をそっと握った。

こんなにも父の手は細かっただろうか。こんなにも弱々しかっただろうか。

「早くよくなってください」

小泉の言葉を聞き取って微笑んだ父の顔は、今まで見たことがないほど、嬉しそうだった。

ACT 8.

初めて訪れる小泉の実家は、思った以上に大きな一軒家だった。洋館風の洒落た外観で、庭も広い。たぶん、季節になると美しい薔薇が咲き乱れるのだろう。たくさんの薔薇が植えられていて、まだ三月の今は、静かに眠っているようだった。

「いらっしゃい、詩音、芳賀先生」

迎えてくれたのは、小泉の母である史乃だった。きちんと化粧をし、くつろいではいるが華やかな色合いのワンピースを着ていると、小泉のように大きな息子がいるとは思えない美しさだ。

「お呼び立てしてごめんなさいね」

「いえ。まだ先生は退院なさったばかりなのですから」

芳賀は玄関先で頭を下げた。

小泉教授は順調に回復し、十日間の入院の後、退院していた。

「こちらこそ、ご家族のお話にお邪魔する形になってしまいまして」

リビングに導かれ、ソファに並んで座るまで、一緒に来た小泉は黙ったままだった。

「詩音、ゆっくり話がしたいの」

小泉は、毎日病室に顔を出していた。しかし、長く話をすることもなく、ただ父の体調だけをチェックし、すぐに退出していた。その背中に、母が言ったのだ。

「お願い、詩音。少し時間を作って。忙しいのはわかっているんだけど……」

「わかっているなら……っ」

「詩音」

小泉の父が退院する日は、執刀医だった芳賀も一緒に回診に訪れていた。頑(かたく)なに、両親に背を向ける小泉の袖を軽く引いた。

「ちゃんと話をした方がいい」

「僕は……っ」

「小泉さん」

芳賀は小泉の腕をとらえたまま言った。

「ご心配なく。詩音をご自宅の方に戻らせますので」

「行成(ゆきなり)……っ」

「詩音、声が大きい」

芳賀は自分の唇の前に指を立てた。

「じゃ、失礼します」

「母さん」

小泉が言った。唇を強く嚙みしめて、息を幾度か吸ってから、言葉を続ける。

「行成……芳賀先生と一緒なら、行きます」

「えっ」

びっくりした声を出したのは、芳賀の方だった。

「な、何で、俺？」

「わかりました」

母が頷いた。ベッドに横たわる父を振り返り、頷きを交わす。

「では、芳賀先生、ご足労ですが、詩音と一緒に自宅の方においでくださるでしょうか」

母である史乃に誘われて、父である小泉教授がゆっくりと現れた。

「芳賀先生、その節はお世話になりまして」

ソファに座り、ゆったりとクッションに身体を預ける。

「いいえ。お元気そうで何よりです」

母がワゴンに用意していたポットから紅茶を注ぎ、カップを配った。

「……お話を早く」

小泉が言った。

「僕も芳賀先生も暇な身ではありません。オンコールがかかったら、ここは病院に遠すぎます」

「詩音」

芳賀が小泉の手の甲を優しく叩いた。

「言い過ぎ」

「……詩音」

父がゆっくりと言った。

「来てくれてありがとう」

「来たくて来たわけじゃありません」

「……詩音、私たちは君に謝らなければならない」

父は自分の息子に向かって、深く頭を下げる。

「あなた……」

「私たちは……確かに、君を騙していたことになる。私たちは、君が事件に巻き込まれたことを知っていた。いや、悟った……というのが正しいかな」

「詩音、悪いのは私なの。私が気づいて……その時に、あなたにちゃんと聞くべきだった。私……あなたに聞くのが怖くて……」

母が震える声で言う。

「母さんに黙っているように言ったのは私だ。私たちに君が知られまいとしているなら、それを尊重しようと思った。私も君と同じ男だからね。プライドのありどころはわかっているつもりだ。君が母さんに知られたくないと思うなら……その気持ちを大切にしてやりたかった」

「…………」

小泉は無言だった。軽くため息をついて、父は話を続ける。

「ただ、君が二度と危険な目に遭わないように、君を比較的安全な日本に置くことにした。私の住むハンブルクに連れていくことも考えたが、やはり治安の面から考えても、日本が一番いいだろうと母さんと相談した。東興学院なら、高校までスクールバスで送迎があるし、君は繁華街に出たりはしないタイプだ。このままそっと、環境を変えずに、君の傷が癒えるのを待つのが一番だと思った」

「先生が帰国されることは考えなかったのですか？」

芳賀が尋ねた。

「ご夫婦揃って、詩音を守ることはお考えにならなかったんですか？」

「私が……頼みました」

　母が言った。

「主人が急に帰国したら、詩音が不審に思うのではないかと考えて。私が責任を持って、詩音を守りますからと言って」

「……君が大学に進んでからは、冬木くんに君を見守ってくれるように頼んだ。冬木くんは私の親友で、信頼できる人柄だった。彼は……君にとても同情的で、君を絶対に危険な目に遭わせないと言ってくれた」

「ええ……冬木先生は、確かに僕を守ってくださいました。アメリカに行きたくないと言えば行かなくてすみましたし、夜の会合にも出ずにすんだ。初期研修が付属病院だけでできたのも、申し訳程度に入るバイトや派遣が、ことごとく車で通えるところだったのも、今にして思えば、わざとらしいまでに、僕を守っていたのですね」

　小泉の口調が苦い。

「気づかない僕もどうかしてました。父さんの意向がなければ、僕はこの年で准教授まで駆け上がることもなかった」

「それは君の実力だよ」

　父は穏やかに言う。

「冬木くんも、君の才能には舌を巻いていた。引き立てる必要もない。君は実力で周囲を黙らせる。君は自分の力で、ユニット内での地位を確立していった」

「ご両親が詩音を大切に思っていらしたのは、彼もよくわかっています。だから、一度はドイツに行くことも考えた。彼は田巻院長に辞意を表明しています」

芳賀が言葉を添える。

「詩音……」

母が驚いたように、息子を見る。詩音はすっと視線をそらした。母は切なげにうつむく。

「俺はニューヨークにいたことがあります」

芳賀が言った。急に変わった話に、小泉夫妻は戸惑っているが、芳賀はそのまま話を続ける。

「高校時代に向こうで少しだけ暮らしてましたし、医者になってから、三年くらい向こうで働いてました。そこで、詩音のような……事件もいくつか見ています。詩音の経験は……想像を絶するものだったと思います。俺は、詩音が今生きて、ここにいてくれることに心から感謝しています。ご両親と冬木先生が彼を守ってくれたからでしょう」

小泉の手がふっと芳賀の手を握った。ぎゅっと強く、痛いほどに握りしめる。そして、少し震える声で話し始めた。

「僕は……ニューヨークで、二人の男にレイプされた」

「詩音……っ」

　母が悲鳴のような声を上げる。父は痛みをこらえるような顔をしている。

「路地に連れ込まれて……ナイフで脅されて、強姦された。一度じゃない。何度も何度も……犯された」

　母が耳を塞ぐ。

「……そのうちの一人をそのナイフで刺して、大けがをさせた。僕は……殺したと思っていた」

「やめて……詩音……っ」

「それから、人が傍に来ることが怖くなった。耐えられないくらい怖くなった。毎日生きていくことが……たまらなく怖かった」

　小泉の手が、芳賀の手を握りしめる。血がにじむほどの強さだ。彼にとって、両親の前で性被害の事実を語るのは、それほどつらいのだ。

「彼がどんな目に遭ったのかは、想像がついたと思います」

　小泉にこれ以上しゃべらせることはできなかった。芳賀が話を引き取る。

「思春期の少年にとって、それがどれほどの恐怖だったのか、正直、俺にもわかりません。きっと、それはご両親も同じでしょう。だから」

芳賀の不思議な色の瞳が、ひたと夫妻を見つめる。

「あなた方は逃げた」

痛烈な言葉だった。

「あなた方が口をつぐんだのは、確かに詩音を守るという意味もあったでしょう。それは嘘ではないと思います。でも、それだけじゃない。あなた方は口をつぐむことによって、詩音に起こった出来事から逃げた。詩音の口を塞ぎ、彼が吐き出すことを拒んだ」

「それは……」

言いかけた父の言葉を、芳賀は強い視線で遮る。

「それは罪悪感から出た考えだったのでしょう。あなた方が詩音をホテルに置き去りにしなければ、事件は起きなかった。詩音は当時十五歳だった。ドレスアップして、パーティーにも同伴できる年齢でした。しかし、あなた方はカップルで出かけ、二人の時間を満喫することを選んだ」

芳賀の言葉は恐ろしく厳しい。まるで切りつけるようだ。

「あなた方が夫婦の時間を楽しんでいた時、詩音は薄暗い汚い路地で、見知らぬ男たちに襲われ、弄ばれていた。すべて、あなた方が自分たちの楽しみを優先したために起こったことです。その事実だけは、直視しなければならない」

「……行成……」

小泉の身体が小さく震えている。しかし、彼はしっかりと顔を上げていた。視線を離したら、何かに負けてしまう。そんな彼の追い詰められた気持ちを、芳賀は痛いほどに感じる。

「どうしていいのかわからなかったのでしょう。詩音は、自分がどんな目に遭ったのか隠したがっていた。そんな詩音に、何を言えばいいのかもわからなかったでしょう。それは理解できます。しかし、それでも、あなた方は詩音と向かい合うべきだった。詩音一人にすべてを負わせるのではなく、共に傷つき、苦しむべきだったと俺は思います。でも、あなた方はそこから逃げた。顔を背けた。それだけは変えられない事実です」

「行成」

小泉がゆっくりと頷いた。がちがちに硬くなっていた肩を幾度か揺すり、ふうっと深く息を吐く。

「ありがとう。もう……いい」

芳賀の手を軽く揺さぶってから、そっと離し、小泉は目の前の両親を見つめたまま、一つ一つ言葉を噛みしめるように言った。

「……もう、僕を守る必要はありません。父さん、母さん、今までありがとうございました。お二人の人生を生きてください」

「詩音……」

母が涙を浮かべている。

「ごめんなさい、詩音。あなたが……苦しんでいるのはわかっていたのに……ずっと目の前で見ていたのに……っ」

「いいんです、もう。後ろを見ても……何も変わらない。行成の言った通りなんです。いくら振り返っても、僕の後ろにある闇は消えない。僕は確かにレイプの被害者だし、傷害の加害者でもあります」

「それは……っ」

「でも、そんな僕の過去を知っていてもなお、僕を愛してくれる人がいます。僕の手を必要としてくれている人たちもいます。僕はもう、僕の人生を生きているんです」

小泉は両親をじっと見つめる。今までのように恐れるようにではなく、ただ見つめる。そして、ふっと表情をゆるめた。その唇に柔らかな笑みが浮かぶ。

「僕は今、とても幸せなんです」

呆然（ぼうぜん）として、柔らかな笑みを浮かべる息子を見つめる夫妻に、芳賀が語りかけた。

「……あとはご家族の問題だと思いますが、最後に一言だけ」

芳賀はよく通る声で言った。小泉がその横顔をじっと見つめている。柔らかな、とても柔らかな視線で。

「ご両親は詩音を守ってきたと仰（おっしゃ）いましたが、俺は逆だと思っています。あなた方は、詩音の強さに守られてきたんです。一人で闘い続けた詩音の強さに守られてきたのは、あなたたちの方です。それだけはわかってください」

「芳賀先生……」

「では、俺はこれで」

芳賀は深く頭を下げると立ち上がった。小泉もすっと立ち上がる。

「詩音……っ」

母のすがる視線に、小泉は微笑みで答えた。

「……体調に気をつけてください。僕は……もうここには戻りませんので」

そして、二人はその部屋を後にする。

母の泣く声と、慰める父の深い声を聞きながら。

ACT 9.

小さな引っ越しは、レンタカーの軽トラックで一度運んだら終わってしまった。

「ミニマムな生活をしていたんだねぇ」

手伝いに来てくれた水本(みずもと)が呆(あき)れたように言った。

「まぁ、ものがありすぎるよりいいけどね」

三月の半ば、小泉(こいずみ)は実家を引き払い、水本のマンションに引っ越した。

父はしばらくの間、日本で静養するという。手術後最低一ヵ月は飛行機に乗れないので、ハンブルクに帰ることができないからだ。

母は結局、病院を退職することにしたらしい。引き継ぎもしてしまったし、せっかく父が日本にいるのに、傍(そば)にいない手はない。しばらく父とゆっくり過ごした後、父と共にハンブルクに渡ることにしたと、電話で聞いた。

「じゃ、僕はいなくてもいいみたいだから、差し入れだけ置いていくよ。何か手伝うことあったら、店にいるから」

美味しそうなサンドイッチとコーヒーのポットを置いて、水本は『マラゲーニャ』に戻っていった。

「……はい、おしまい」

ぽんとチェストを閉めて、芳賀が振り返った。

「詩音、そっちは終わったか？」

「うん、終わったよ」

ベッドを整えていた小泉が頷く。

「ありがとう。服の整理って、苦手で」

段ボール箱に詰めて、実家から持ってきた小泉の衣類を、芳賀は丁寧に分類し、たたみ直して、収納していたのだ。

「どうせ、お母さんに任せてたんだろ」

「否定はしない」

小泉は苦笑した。

「僕の部屋には、内鍵もなかったしね。母は入り放題だったよ」

「……部屋に鍵？」

「そう。志築なんか、自分でつけたって言ってたな。プライバシーの侵害だとか言って」

「プライバシー……ねぇ……」

小泉の部屋は、芳賀の部屋と同じ間取りの2DKだ。一応、書斎とベッドルームにしつらえた。ベッドルームには、チェストも置いて、着替えはここでするようにした。ベッドは水本が揃えてくれたものだ。セミダブルで、芳賀のものと同じだという。ベッドカバーは芳賀と色違いで、お揃いというのが笑える。

「まぁ、男はいろいろあるからなぁ」

芳賀はくすくす笑っている。

「俺は小学校までしか、ばーちゃんと暮らしてないし、中学からは寮だったから、あんまり、中坊の秘密関係には縁がなかったけどな」

「中坊の秘密？」

小泉はきょとんとしている。

「何それ」

「何って……」

芳賀は困ったなという顔をしている。

「……中坊にもなればさ、やることあるだろ。自分の部屋で」

「鍵かけて？　何するの？」

「…………」

芳賀はこりこりとこめかみのあたりをかいている。

「えーと……大人の階段を上がる……」

「行成(ゆきなり)」

小泉が呆れた顔をしていた。

「何ポエム言ってるの？」

「だーかーらーっ！　自分でするだろ！　その……自分をさっ！」

「自分で何する……あ……」

小泉がうっすらと頬を染めた。芳賀が何を言いたかったのか、わかったらしい。

「……行成のバカ……」

「バカじゃねぇよ。誰でもするだろうが」

ぱっと言い返して、はっと芳賀は口を閉じた。

中学生の頃に、小泉は最悪の性体験をしているのだ。セックス関連の話はあまりあけすけにすべきではなかったかもしれない。男同士なら笑い話にもなる話が、小泉のトラウマを刺激しかねないのだ。

「……バカ」

もう一度、小泉が言った。すいと視線をそらす。

「黙るな。バカ」

「バカバカ言うなよ」

「……バカはバカだろ。だから、バカって言ってる」

小泉がちらりと上目遣いに芳賀を見た。意識してはいないのだろうが、黒目がちの大きな目で上目遣いだ。破壊力抜群である。

「あのな、俺の理性を……うわ……っ」

いきなり両手で抱きつかれて、芳賀は悲鳴を上げた。ジャストフィットな感じで、ふかふかのベッドに倒れ込んでしまう。

「こら、詩音っ！」

ふかふかの真新しいベッドと愛しすぎる恋人の体温に挟まれて、芳賀は悶絶しそうだ。

「……新しいベッドなんだぞ」

小泉がぽつんと言った。

「……独り寝させる気なのか？」

「あのな、詩音。俺がたまらない……え……？」

気がつくと、お互いの大事なところが重なっていた。小泉の体重がかかっているので、着衣越しでも、そこの変化がはっきりとわかる。

〝嘘だろ……〟

「詩音……」

「これ以上言わせるなっ！」

耳まで真っ赤になった恋人は、可愛くて可愛くて、もうどうにもならない。

「うん、言わせない」

ふわっと恋人を抱き上げて、いったんベッドに座らせ、ぱっと素早くふとんをめくり上げる。そして、きゅっと抱き寄せた。

「今日は……うんと優しくする」

「……今日だけ？」

「前言撤回！」

派手な音を立てて、頬にキスをする。

「ずっと優しくする」

微笑んでいるピンク色の唇に唇を重ねる。うっすら開いた誘う唇。舌先を滑り込ませると、すぐに甘い舌が絡んできた。とろけそうなくらい甘いキスを貪りながら、素肌に着ているコットンセーターの下に、手を忍ばせた。すべすべした柔らかい肌。懐かしさすら感じるその体温。

「……ん……」

ぷくんと膨らんでいる可愛い乳首を探り当てて、軽く摘まんで先を弾くと、甘い声がキスの端から洩れた。

「詩音……」

キスをいったん解いて、薄赤く潤んだ瞳を見つめる。

「すげー可愛い。たまらないくらい可愛い」

「可愛い言うな……」

「でも、可愛い」

もう一度軽く唇にキスをしてから、セーターを脱がせる。ふわりとベッドに倒して、下の方も全部脱がせた。

「まだ明るい……」

少しずつ日が長くなってきていた。午後の遅い時間でも、外はまだほんのりと明るい。

「明るい方がいい。詩音の身体(からだ)が……よく見える」

自分も服を脱いで、芳賀がベッドに入ってくる。あたたかい素肌がお互いに気持ちいい。

「この前……ごめんな」

「え……？」

優しく抱きしめて、芳賀がささやいた。

「何か……ごめんな。何か……詩音のご両親目の前にしたら、無性に腹が立っちゃってさ……言いたいこと言って……ごめん」

「……いや、僕の言いたいことを全部言ってもらったと思ってる」

小泉は柔らかい声で言った。

「僕は自分の立ち位置がわからなくなっていた。両親と行成と……僕と。僕がちゃんと言わなければならなかったことまで……行成に言わせてしまった……」

「ごめん……詩音が言うまで、待つべきだったよな」

芳賀は恋人の華奢な身体を大切に抱きしめる。

「ごめんな」

「うん」

小泉は芳賀のふわっとした柔らかい髪に手を差し入れて、優しくかき撫でる。

「……大丈夫。ありがとう」

小泉の漆黒の大きな瞳が甘く潤んでいる。医師として現場に立つ時は、きゅっと口元が引き締まって、シャープな美しさが際立つが、ベッドにいる時の小泉は、白い素肌と潤む黒い瞳、濡れた長い睫がぞくぞくするほどの色香を降り零す。こんなに色っぽくて、可愛らしい小泉を知っているのは、恋人である芳賀一人だけだ。

「……うんと……優しくするからな」

さらさらとした髪を撫でながら、そっと唇にキスをした。白くしなやかな腕が、芳賀の背中に回り、きゅっと抱きついてくる。舌先で唇を軽く舐めると、うっすらと唇が開いた。

「……ん……っ」

甘やかな吐息を奪って、深く舌を絡ませる。芳賀の背中に回っていた腕が、筋肉の乗った背中を確かめるように幾度も幾度も抱きしめ、手のひらで強く撫でてくる。

「ん……う……ん……っ」

甘ったるい微かな声が、とろりとした空気を震わせる。お互いの肌のあたたかさが触れ合うことで、絡み合うことで熱さに変わっていく。

「詩音の肌……気持ちいい」

すべすべと柔らかな肌を、肩から胸、腹の方へ撫で下ろす。小さな尻を掴むように揉みしだくと、たまらないように白い太股が左右に開いた。

「凄く……気持ちいい。すべすべしてて……あったかい」

太股の内側を長い指で撫で上げる。

「あ……っ」

つっと滴が一筋こぼれる。それを軽く指先ですくって、舌先で舐め取った。

「……甘いな」

くすりと笑うと、小泉はふんと顔をそらした。首筋がふわっと桜色になっていて、そのままかじりつきたいくらいきれいだ。

「……ばか」

「バカだよ。馬鹿馬鹿しいくらい、詩音に骨抜きだ」

小泉はいくつもの顔を持っている。初めて会った時の可憐(かれん)な美しさ。ネットで幾度も見、今も手術室で見る凛々(りり)しい横顔。そして、二人きりの時に見る、可愛らしく、ふわりと色香も漂わせる顔。幾度見ても飽きないし、幾度抱いても飽きることはない。どんどん好きになる。もっともっと好きになる。愛しくなる。

「あ……あ……ん……っ」

つんと先を尖(とが)らせた乳首に舌先を絡めると、泣きそうな声を上げた。片方の乳首をしゃぶりながら、もう片方をピンと弾く。ひくりと細い腰が浮き上がった。太股に熱い滴が幾筋も伝わる。

「あ……だめ……っ。そこ……だめ……」

細く高い声。声のコントロールができなくなって、鈴のように高くうわずる。

「あ……ああ……ん……っ」

「ここ……好きだよな……こんなに……固くして……」

「いや……そこ……いや……」

「嫌じゃないだろ？　ここも……こんなにとろとろになってる」

意外なくらい繊細な芳賀の指が、小泉の柔らかい草叢(くさむら)を分けて、中で息づいている大切なものをゆるゆると撫でる。

「あ……っ！」

お尻が持ち上がる。両足をあられもなく広げて、恋人の愛撫(あいぶ)を受け入れる。

「……気持ちいい？」

もどかしいほどゆるやかに、長い指が熱い滴を滴らせるものを撫で上げる。

「気持ちいいことだけ……してあげる。詩音が気持ちよくて……泣いちゃうようなことだけしてあげる」

「……えっち」

妙に可愛い声で、小泉がぽそりと言った。芳賀は笑い出してしまう。

「エッチだよ。恋人を抱きながらエッチになれない男なんて、最低じゃん」

二人は至近距離で見つめ合った。小泉の漆黒の潤んだ瞳。芳賀の宝石のようなグレイッシュパープルの瞳。お互いの瞳に映る影を覗(のぞ)き込(こ)む。

「……だね」

小泉がくすっと笑った。

「だから、今日はうんとエッチしよ。もう何にも出ませんっていうくらいまで」

とんでもないセリフを吐いて、芳賀はにっと笑う。そして、恋人の両足を大きく広げさせ、すべすべのお尻を高く持ち上げた。

「あ、やだ……っ」

「そのやだは、いいって意味かな？」

とろとろとひっきりなしにこぼれる滴で、小さな蕾は濡れ始めていた。そこに芳賀は顔を埋める。

「あ……ああ……ん……っ！」

蕾に熱く濡れた感触。そこを舐められていると知って、小泉は恥ずかしさと熱い快感に、思わずうわずった声を上げてしまう。

「あ、ああ……んっ！　だ、だめ……だめ……そんな……だめぇ……っ！」

一気に高みに引き上げられて、息も絶え絶えに喘ぐ。

「あ……あ……ああ……っ！　待っ……て……っ！　そ……んな……っ」

ひっきりなしに聞こえる色っぽくかすれた喘ぎに、芳賀の興奮は煽られる。まるでセックスの快感を知ったばかりの少年のように、恋人の蕾を貪る。

「い、嫌……いっちゃ……う……っ」

恋人の髪をかき乱しながら、細い腰を揺する。

「一人で……いかせない……で……っ。一人は……いや……」

ぎりぎりまで高められた身体で、小泉は恋人を誘う。

「……中に……来て……」

身体を開いて、甘い蜜のような声で誘いをかける。

「一緒に……いきたい……」

心の底まで愛している恋人にここまで言われて、がまんできるほど人間はできていない。

「……おっけー」

身体を引き上げ、軽く頬にキスをする。

「……じゃ、一緒にいこ」

こくこくと頷く恋人の小さなお尻をぐっと開く。

「痛かったら……すぐ言って。やめる……」

言いかけてから、言い直す。

「ごめん。もうやめられない」

「あ、ああん……っ！」

柔らかい蕾にぐうっと沈めていく。どこまでも吸いつくような感触で、恋人が受け入れてくれる。一つになっていく感覚がたまらなく愛しい。小さく震えながら、芳賀を受け入れてくれる恋人がどうしようもなく愛しい。

「……あ……あ……っ！」

いつまでも楽しんでいたくて、ゆっくりと揺する。

「ああ……ん……っ！」

芳賀の背中を撫でさすり、爪を立てて、高く声を放つ。

「あ……ああ……ん……っ！　い……いい……っ！」

「ああ……俺もすごく……気持ちいい……」

一つになるだけで、こんなに興奮する。こんなに気持ちがいい。

無理矢理に奪ったあの夜は、快感なんてちっとも感じなかった。生理現象として最後までいっただけで、少しも満たされなかった。

でも、今日は違う。同じ身体同士とは思えないほど、快感が深い。最後までいかずに、ずっとこのままでいたいと思うほど、気持ちがいい。

「……あ……ああ……あん……っ！」

小泉の声が甘くかすれる。離したくないのか、芳賀をきゅうっときつく締めつけて、背中に爪を立ててくる。シーツから完全にお尻を抱き上げ、芳賀が自分の身体に強く引きつける。

「……詩音……詩音……っ」

もっとゆっくり楽しみたい。もっと時間をかけて。そう思うのに、高ぶった身体は急ぎたがる。最後の瞬間へと走りたがる。

「……詩音……っ！」

最後は固く抱き合って、同じ瞬間を迎える。

ふっと身体が浮き上がり、ただ二人だけの空間で最後を迎える。

「……っ」

何もいらなかった。

ただここに二つの身体があって、一つに溶ける。

それだけで満たされる。

ここに一つになった二人がいる。

それだけで。


ベッドの足元には、ふわふわのラグが敷いてあった。

「兄貴のファインプレーだな」

芳賀がつぶやいた。

「だね」

芳賀の肩に寄りかかって、小泉がくすりと笑う。

二人はベッドを背にして、ラグに座っていた。

いったい何回したのか、自分たちもわからないくらい愛し合った。腰が抜けるとはよく言うが、実際、小泉は今現在立ち上がれない状態だ。芳賀が手伝ってくれて、どうにかシャワーを浴びたが、そこまでだった。芳賀にお姫様抱っこされてここに運ばれ、体力と筋力が戻るのを待っている。

芳賀も相当体力、精力その他を消耗していて、めちゃくちゃになったベッドのシーツを替える気力もなく、とりあえず二人はラグに座って、ひと休みしていた。

「詩音」

「何？」

「俺さ、詩音のご両親に嫌われたよなぁ」

しみじみと芳賀が言うのに、小泉は軽く首を傾げた。

「そんなことないと思うけど？　別に怒ってもいなかったし」

小泉の家を二人で出る時、夫妻は送りに出てこなかった。母はたぶん泣いていたと思う。

「嫌ってはいないと思うよ。ただ、行成の顔を見られないだけだと思う」

「俺の顔を見られない？」

小泉は苦笑していた。

「何で？」

「パーフェクトな人たちだから」

小泉はあっさりと言う。

「パーフェクトだと周囲に思われてるし、パーフェクトだっていう自負もある。そんな二人が、初めて君に痛いところを突かれた。突かれまくった。君のことを嫌ってはいないけど、しばらくはちょっと顔見られないって感じだと思う。気にしなくていいよ」

「……何か、複雑だなぁ」

芳賀はこりこりとこめかみをかいた。

「別にやり込めるつもりはなかったんだけどなぁ」

「行成は、自分のご両親にもあんな風にズバズバ言っちゃうの？」

小泉が大きな目で芳賀を見つめた。薄赤く潤むとんでもなく色っぽい小泉の目だが、今は潤みも取れて、いつもの生き生きとした知的な瞳に戻っている。

「いや、俺と俺の製造主は……まともに親子として話したことは一度もないから」

「え？」

そういえば、芳賀は祖母に育てられており、全寮制の学校に行っている時に、その祖母が亡くなり、その後は一人暮らしをしているらしい。

「ごめん。聞いてもいいかな」

「別に謝ることじゃない。たぶん、俺を製造した人たちのことは、詩音には理解できないと思う。俺にも理解できないくらいだから」

小泉は、芳賀が一度も『両親』という言葉を使っていないことに気づいた。

「前にも言った通り、俺の母親は日米ハーフのアメリカ国籍で、ニューヨークでERの医者をやってる。父親は日本人で在宅の翻訳業。二人はたった一度の行きずりのセックスで、俺をこさえた」

「……え？」

小泉は真顔になっていた。芳賀は淡々と話を続ける。

「母親が学会で日本に来ていた時、バーで隣り合ったのが父親。盛り上がった二人は酔っ払ったまま、ホテルに直行して、俺を製造した。お互い名前も名乗らなかったが、かろうじてメアドだけは交換していた。そして、ある日突然、父親にメールが届いたわけだ。

『あんたの子を産みました』ってな」

ちょっと信じがたい話だった。

「母親も変な女でさ。妊娠してたら、生理は来ないよな。それを仕事には都合がいいって、ほっといたっていうんだから……呆れるしかない。何か腹がでかくなってきた。そういやこれは胎動みたいな気がするって検査した時には、すでに六ヵ月。中絶もできない。仕方ないから産んじゃった。でも、仕事あって育てられない。旅費は出すから取りに来てって言われて、ほいほいアメリカまで行った父親も馬鹿すぎて。一度アメリカに行ってみたかったんだってさ」

小泉は声も出ない。これは小泉とは違う意味で壮絶だ。

「お互い育てる気がないのに、俺は存在してる。貧乏くじ引いたのがばーちゃん。一生懸命、俺を育ててくれたけど、頑張りすぎて、ぽっくり逝っちまった。たぶん、あの製造者たちの一番の犠牲者がばーちゃんだったと思う」

芳賀は表情を変えずに、飄々と話している。

「どんな生き方をしたら、こんな馬鹿なことができるのか。一度見てみたくて、バイト代を貯めて、アメリカに行った。ちょうど出張でアメリカに戻るっていう兄貴が連れていってくれた。兄貴はあの通り、あの母親から出てきたわりにはまともだったから、メールのやりとり程度はしていたんだ。それで夏休みの間、アメリカにいた。高二の時だよ」

「ああ……その時……」

「そう。詩音に出会った」

芳賀がやっと笑った。『詩音』。そう呼ぶ時だけ、芳賀はいつも笑う。可愛くて、愛しくて仕方がないと笑う。その笑顔に、小泉はほっとする。彼の笑顔は、小泉にとって太陽のようなものだ。あたためて、癒やしてくれる大切な太陽だ。

「……俺にとって、あの人たちは宇宙人みたいなもんでさ。理解の外だ。だから、まぁ……愛し方としては、ちょっと間違っていたのかもしれないけど、詩音のご両親は、俺は嫌いじゃないよ。少なくとも、詩音を守ろうとしていたことだけは確かだからな」

小泉が小さくあくびをした。くるりとネコのように丸くなって、芳賀の膝に頭を乗せる。

「眠くなったか？」

「うん……。ごめん。せっかく話してくれてるのに……」

「いいんだよ」

芳賀は小泉の髪をさらりと撫でた。

「話なんか、いつだってできる。俺たちはずっと一緒なんだからさ」

「うん……」

「いいよ。このまま寝ちまえ。シーツ取っ替えたら、ベッドに運んでやるから」

「うん……」

小泉は目を閉じた。

「行成……」

「何だ？」

小泉はとろとろと眠り始めていた。優しく髪を撫でる大きな手があたたかい。

「……ありがとう……」

こんなにも、僕を愛してくれて。

ふらふらと危うい足元の僕を、こんなにも愛してくれて。

「おやすみ。詩音」

ゆっくりと眠ればいい。

俺は君を守る。何があっても守り続ける。

君の眠りを誰も妨げないように。

君の心の中に巣くう闇が、君を飲み込まないように。

だから、ゆっくりとおやすみ。

俺は君を。

愛している。


四月は始まりの季節であり、別れの季節だ。八重桜も散り始める頃、小泉は成田にいた。

「そんなに急いで帰らなくてもいいんじゃないんですか?」

少し不服そうに言う小泉に、父は笑って言った。

「君と同じワーカホリックなんだよ。休んでばかりいると、身体も頭もなまってしまう」

父はハンブルクに戻ることになっていた。すでに手術から一ヵ月半が経ち、経過も良好で、主治医である小泉は一応渡独の許可は出したのだが、まさか、許可を出した翌日のフライトで帰るとは思っていなかったのだ。

「大丈夫よ、詩音」

　母が父に寄り添って、微笑んでいる。

　無事、東興学院大医学部付属病院を退職した母は、父と共にハンブルクに行く。もちろん、すぐに定住はできないので、いずれ日本に戻ってきて、家の処分などをしなければならないが、とりあえず、病み上がりの父に付き添って、ハンブルクに行くことになった。最愛の夫とやっと一緒に暮らせる喜びで、母は輝いていた。

「私がついているんですから」

「……専属ナースですね」

　小泉は肩をすくめた。

「定期的に連絡は下さい。ご自分をあまり過信なさらないように」

「おや、これでも心臓外科医だよ」

「PCI後の再狭窄を起こした方に威張られても」

「言うようになったね、詩音」

　父は愉快そうに笑う。

「明るくなったね。君には笑顔が似合うよ」

「……ありがとうございます」

　ぺこりと頭を下げた小泉に、すっと父が近づいた。内緒話をするように、そっと耳元に顔を近づけてくる。

「詩音、芳賀先生を大切にしなさい」

小泉は、はっとして顔を上げた。

「……父さん……っ」

しっと唇の前に指を立てて、父はいたずらっぽく笑う。

「彼は私たちよりも深く、君を理解している。そんな相手に巡り会えるのは、一生に一度、あるかないかだ」

小泉は小さく頷いた。

「私が母さんに出会ったように、君は芳賀先生に出会ったんだね」

すっと父が離れていく。懐かしい父の香りが遠ざかる。

「元気でね、詩音」

父と腕を組んだ母が手を振る。

「そのうち、ハンブルクにいらっしゃいね」

「お気をつけて」

最後に二人は振り向いて、手を振った。小泉も手を振る。

「元気で」

父の声がして、そして、二人は肩を並べて歩いていったのだった。

コンコンと窓を叩く音で、芳賀はびくりと肩をふるわせた。顔を上げると、美人の恋人が戻ってきていた。車のドアロックを解除する。

「寝てたの？」

「悪い。明けだからさ」

小泉が車に乗り込んできた。芳賀はエンジンをかける。

「一緒に来ればよかったのに」

ゆっくりと車が動き出した。

小泉の両親を見送るために、二人は成田に来ていた。しかし、芳賀は車から降りずに、小泉だけを見送りにやったのだ。

「親子水入らずのところを邪魔しちゃ悪いだろ」

「そんなことないよ」

車がスムーズに走り出した。意外に道路は空いていて、これなら大した渋滞に引っかからずに、病院に行けそうだ。

「僕の両親、意外に行成のこと、気に入ってると思うな。特に父が」

「そうか？　そんなことないだろ」

車は小泉のものだが、芳賀はなかなか運転が達者だ。すいすいとスムーズに車を走らせていく。

「あーあ、せっかくのいい天気なのに、病院になんか戻りたくねぇな」

「仕方ないじゃないか。手術患診なきゃならないんだから」

今日は日曜日なので、手術の予定は入っていないが、昨日の夜中に緊急手術が入ったので、その患者を診なければならない。

「……そういえばさ」

信号で車が止まった。芳賀はくるりと小泉を見る。

「いつの間にか、『芳賀先生』やめたよな」

「え？」

小泉が大きな目をぱちぱちと瞬いた。

「何が？」

「俺のこと。いつの間にか、名前で呼んでるよな」

「あ」

小泉が軽く口元を押さえた。どうやら無意識だったらしい。見る見るうちに、耳たぶが赤くなっていく。

「……嫌ならやめるけど」

「嫌じゃない！　大歓迎！」

芳賀は慌てて言った。ついでに後ろからクラクションも鳴らされたので、慌てて車をスタートさせる。

「……愛してるからな、詩音」

「な、何、急に……」

びっくりした顔をした小泉だったが、うふふと嬉しそうに笑っている芳賀の横顔に、思わず微笑んでしまう。

「……愛してるから、行成」

「え！　マジ！」

「前見て、前っ！」

「わぁっ！」

一瞬ふらっとした車を立て直して、芳賀はふうっとため息をつき、次の瞬間、笑い出した。小泉もくすくすと笑っている。

「……今夜『マラゲーニャ』にメシ食いに行くか？」

「いいね。何か新作あるかな」

「兄貴のことだから、気まぐれに何か作ってるかもな」

春の明るい空。ふわふわと流れる雲。風に乗って舞う花びら。

一直線に空に駆け上がっていく飛行機を見送って、二人は戻っていく。
二人のあるべき場所へと。
肩を並べて。

あとがき

こんにちは、春原（すのはら）いずみです。

前作『メスを握る大天使（ミカエル）』に続く、小泉（こいずみ）と芳賀（はが）の物語『白衣をまとう守護者（ガーディアン）』をお送りいたします。タイトルはダブルミーニングなのですが、誰が誰を守ったのか……それは、本文を読んでいただければおわかりかと思います。主人公である小泉が、誰かを守り、また、誰かに守られる……そんなお話です。楽しんでくださったでしょうか。

私の書くキャラクターは、過去に何かを持っていることが多いのですが、小泉はその中でも最も重い過去を持っているキャラです。彼の過去があまりに重いので、ついうっかり芳賀のことは「あんたは大丈夫っしょ！」と、軽く書いちゃいましたが、よくよく考えると、芳賀の方がかわいそうじゃね？　と書き終わってから思ったりしています。とりあえず、二人とも幸せにしてあげられてよかったです（笑）。前作のあとがきで書いた通りに、ラブもたっぷりとちりばめた今作です。ご堪能くださいましたか？

そんな今回も前作に続いて、イラストはもちろん藤河（ふじかわ）るり先生です！　ＢＬ作家やっててよかったなと思うのは、イラストを見せていただいた時です。自分の頭の中にだけいたキャラたちが、顔と身体を持って動き出す瞬間、譬えようもなく幸せな気持ちになります。「ああ、君たちはこの世界で生きているんだね……」と深く頷くことが間々あります。前作で、藤河先生の描いてくださった小泉と芳賀を見て、にまにまが止まらないくらい(笑)嬉しかった私ですが、二冊分も描いていただいて、ただの藤河ファンでしかない私としては、もう嬉しすぎてどうしましょう(喜)。本当にお忙しい中、ありがとうございました。心からの感謝を。

タイトルも手伝ってくれた元気印の担当Hさん、今回もいろいろとありがとう！　唐突にぶっ飛んでくるＬＩＮＥやメールに翻弄されつつ、無事今作も仕上がりました。

そして、この本を手に取ってくださったあなたへ。二カ月連続刊行の上、電子書籍のスピンオフまであるという形になり、ずしりと重いボリュームになっちゃいましたが、ついてきていただいて、本当にありがとうございます(そうです。今作にはスピンオフがあるのです。電書オリジナル『白衣を脱いだその夜に』もよろしくお願いいたします！)。両手いっぱいの感謝を捧げます。また、いつかどこかでお目にかかれますように。

さて、そろそろ手術も終わったようです。麻酔の覚醒を待ちつつ。

SEE YOU NEXT TIME!

久しぶりにエミール・ギレリス演奏のピアノソナタを聴きながら　春原　いずみ

『白衣をまとう守護者（ガーディアン）』、いかがでしたか？
春原（すのはら）いずみ先生、イラストの藤河（ふじかわ）るり先生への、みなさまのお便りをお待ちしております。

春原いずみ先生のファンレターのあて先
〒112-8001 東京都文京区音羽2-12-21 講談社 文芸第三出版部「春原いずみ先生」係
藤河るり先生のファンレターのあて先
〒112-8001 東京都文京区音羽2-12-21 講談社 文芸第三出版部「藤河るり先生」係

N.D.C.913　223p　15cm

春原いずみ（すのはら・いずみ）
新潟県出身・在住。６月７日生まれ双子座。
世にも珍しいザッパなＡ型。
作家は夜稼業。昼稼業は某開業医での医療職。
趣味は舞台鑑賞と手芸。
Twitter：isunohara
ウェブサイト：http://sunohara.aikotoba.jp/

講談社X文庫

白衣（はくい）をまとう守護者（ガーディアン）

春原（すのはら）いずみ

●

2020年10月１日　第１刷発行

定価はカバーに表示してあります。

発行者──渡瀬昌彦
発行所──株式会社　講談社
東京都文京区音羽2-12-21 〒112-8001
電話　編集 03-5395-3507
販売 03-5395-5817
業務 03-5395-3615
本文印刷─豊国印刷株式会社
製本───株式会社国宝社
カバー印刷─半七写真印刷工業株式会社
本文データ制作─講談社デジタル製作
デザイン─山口　馨

ISBN978-4-06-520755-0